官商鬥法

之 9

騙子公司

姜遠方 著

目錄 CONTENTS

第一章

騙子公司

羅雨越發確信自己沒聽說過這家公司，會不會是一家騙子公司呢？
羅雨在招商的過程中遇到過很多騙人的公司，
往往都是把自己公司的實力吹噓得天花亂墜，其實就是一個空殼，
整個公司可能就老總一個人。

北京，週末，又奔波了一個禮拜，羅雨還是一無所獲，心中不免有些焦躁，他很想自己能夠聯絡到一家客商接盤海川的汽車城項目。

成爲駐京辦副主任之後，羅雨就覺得需要趕緊做出點成績來給眾人看看，以證明他這個駐京辦副主任不是像林東那樣尸位素餐之人。同時，因爲和高月之間產生的幾次衝突，雖然最後兩人都和好了，可是羅雨心中對傅華的心結已經形成了，傅華的身分和才能都比他強，壓得自己在高月眼中毫無風采可言，因此更急於做出點成績來證明給高月看，自己是不差於傅華的。最好是能夠借此取代傅華，免得自己在他手底下受氣。

因此，羅雨把這次汽車城項目招商看做一次機遇，現在徐正和張琳對這個汽車城項目都頭痛不已，自己如果能夠找到解決這個問題的客商，那自己在兩位領導心目中的地位，肯定馬上就會變得重要起來。

但是，事情想起來容易，做起來卻是十分困難，關鍵是羅雨發動了自己所有的人脈，也找不到一個有能力接盤的客商。

眼看著機會在眼前，可是自己卻無從表現出能力來，羅雨心裏自然很彆扭。早上，高月說要去逛街，讓羅雨陪她一起去，羅雨沒有心情，便推說自己身體不舒服，不能陪她去。

高月看看羅雨確實臉色發暗，也知道這些日子他爲工作上的事情煩躁，就沒勉強，說讓羅雨好好休息，自己出去了。

羅雨在宿舍裏一個人待著百無聊賴，便翻看著手機的電話簿，看看裏面還有沒有可能幫上忙的人還沒有聯絡。他這也是心存僥倖，其實他的電話簿這些日子已經被他看過很多遍了，但凡有一點可能幫上忙的人，他都打過電話了。

翻看了一遍之後，羅雨還是沒發現新大陸，便嘆了口氣將手機扔到了一邊，心中不免有些沮喪，自己怎麼就沒有當初傅華一來北京就碰到陳徹的運氣呢？

這時手機響了起來，羅雨拿起來一看，是一個陌生的號碼，這是誰啊？他心裏疑惑著接通了電話：「你好，哪位？」

電話那邊一個男子呵呵笑了起來，說：「小羅啊，你的手機還是沒換啊，我王洪啊。」

羅雨驚喜的叫了起來：「王洪大哥，你這是從哪裡冒出來的？」

王洪原來是東海省的相鄰省分西江省羅清市駐京辦的辦公室主任，當時羅清市駐京辦和海川駐京辦所租用的房子在一起，比鄰而居，兩人又都是辦公室主任，業務方面相近，又都是離家在外，因此常會聚在一起喝酒聊天，很快就成了很好的朋友。

後來王洪被調回羅清市任職，離開了北京，兩人就斷了聯繫。想不到今天這傢伙竟然冒了出來。

王洪說：「我到北京來辦事，住在我們的駐京辦，本來想找你玩的，想不到你們駐京辦已經不在原來的地方辦公了，就想打原來你留給我的電話試試，沒想到竟然打通了。」

羅雨說：「都過去多少年了，我們駐京辦現在自己建大樓了。」

王洪說：「不錯啊，鳥槍換炮了。」

羅雨說：「還可以吧，王大哥，我們可真是好多年沒聯繫了，你過來吧，我們哥倆聊聊，中午我請你在我們駐京辦吃飯。」

王洪說：「也好，我也想看看老弟你現在的狀況。」

羅雨就跟王洪說了海川大廈的位置，過了一會兒，王洪就搭計程車來了。

羅雨把王洪迎到駐京辦自己的辦公室，王洪看了看門上的副主任名牌，說：「老弟現在是駐京辦的副主任了啊？」

羅雨笑了笑，說：「芝麻綠豆大的官，不值一提。王大哥，你回羅清市這麼多年了，現在肯定位置很高了吧？」

王洪笑笑說：「比老弟也強不了多少，我現在是我們市裡的招商局長，幹的活跟原來差不多。你們這裏環境不錯啊，看來你們現在有一個很有能力的主任啊。」

羅雨說：「是啊，這棟大廈就是我們駐京辦現在的主任一手建起來的，不過，也不是我們駐京辦一家出資，還有兩家合作單位。」

「那也不錯啊，這要領個客商來參觀多體面啊，哪像我們駐京辦，這麼多年了，還是一副老面孔。」王洪羨慕地說。

羅雨將王洪讓到了沙發坐下，然後給他倒上了一杯茶，說：「這裏再風光也輪不到我什麼，哪裏趕上王大哥你現在招商局長當著威風。」

王洪聽了，笑說：「老弟啊，你又不是不知道這招商局是幹什麼的，成天四處給人陪笑臉，央求人家到我們那裏投資，市裏每年都下達一定的招商指標，沒完成就等著挨批吧，你以爲這是一個好差事啊？」

羅雨笑說：「差事再不好，也是自己說了算，怎麼樣也比我這副主任威風。」

王洪說：「老弟這麼說，是心中有所不滿啊，在有能力的領導手下工作，大概滋味不好受吧？」

羅雨搖了搖頭，說：「是不好做啊，好的機會都是領導把持著，下面的人都沒什麼出頭的可能了。」

兩人又聊了一些彼此的近況，不覺到了中午，羅雨就領著王洪去了下面的海川風味餐館，點了幾個菜，跟王洪二人喝著酒。

王洪見服務員對羅雨很尊敬，說：「看來你的威信也可以嘛，下面的人不是很尊重你嗎？」

羅雨說：「這裏是我分管的，他們不敢不尊重我，也就是在這點小地方，我才有點威信。」

羅雨給王洪倒滿了酒，接著說道：「說了半天話，我還沒問王大哥這次進京是做什麼來了？」

王洪說：「還能幹什麼，當然是招商來了。」

羅雨笑笑說：「你們羅清市在北京要舉行招商活動？」

王洪搖了搖頭：「不是啦，我這次是專門爲拜訪一個港商而來的。」

羅雨心裏咯登一下，能夠讓王洪這個招商局長親自追到北京來，這個商人肯定實力不小，這也許就是自己想要找的那種客商。

羅雨看了看王洪，裝作不經意的說：「什麼港商啊？還需要王大哥你親自跑這一趟。」

王洪嘆說：「如果我親自跑這一趟，人家就肯去我們羅清市投資的話，那等於是我走運了，怕是人家根本就不肯理我。」

羅雨心中更感興趣了，趕忙問道：「有這麼大的實力？看來肯定是很有名頭的公司了。」

王洪搖搖頭說：「說來你不相信，這家公司並不是香港六大家族中的任何一個，他們行事很低調，以前我從來沒聽說過這家公司，不過卻實力驚人，似乎絲毫不遜於其中的任何一個。」

羅雨常年在招商的第一線，當然知道香港的六大家族。六大家族是指李嘉誠家族、郭氏家族、李兆基家族、鄭裕彤家族、包玉剛／吳光正家族以及嘉道理家族。

這六大家族代表的跨行業企業財團通過把持沒有競爭的各種經濟命脈，有效控制全港市民需要的商品及服務的供應及價格。他們通過地產霸權，把觸角擴展到電力、煤氣、交通運輸、通訊等公用事業以及批發零售業和服務業，成爲香港這個連續多年獲選爲全球自由經濟體系的讚譽背後隱藏的弔詭，是真正可以左右目前香港經濟的勢力。

羅雨笑了笑，說：「不會吧，如果真有這麼大的實力，怕是早就名聲在外了，王大哥說說，可能這家公司的名頭我也聽說過。」

「這公司的名字叫香港鴻途集團，老弟你聽說過嗎？」王洪說。

羅雨在腦海裏把自己瞭解的公司迅速過了一遍，這個「香港鴻途集團」還真是一點印象都沒有，便詫異地問：「王大哥，哪個鴻途啊？字怎麼寫？」

「鴻雁的鴻，路途的途。」王洪回答。

羅雨越發確信自己沒聽說過這家公司，會不會是一家騙子公司呢？羅雨在招商的過程中遇到過很多騙人的公司，往往都是把自己公司的實力吹噓得天花亂墜，其實就是一個空殼，整個公司可能就老總一個人。便說：

「還真是沒聽說過這家公司，按說我們這些做招商的，腦子裏都有一個有實力的公司的目錄，怎麼會不知道這家公司呢？不會是那種吹牛皮的皮包公司吧？」

王洪笑說：「去你的吧，皮包公司？你以爲我是傻瓜啊！」

羅雨說：「那你怎麼這麼肯定這個公司有實力？」

王洪解釋說：「我當然敢肯定這個公司有實力了，因爲我知道他在我們省會城市投資建設了一個很大的項目，幾十億的投資啊。」

羅雨還是有些不太相信，在香港身價超過幾十億的富豪，他背都背得下來，怎麼會突然冒出來這麼一個名不見經傳的鴻途集團呢。

羅雨看了看王洪，說：「你是怎麼知道這家公司的？」

「說來也巧，前幾天我到省城去參加一個招商會議，省城的招商局長跟我關係不錯，他本來想單獨請我吃飯，但是晚上已經有了安排，就讓我一起參加了那個宴會。宴會的主賓就是這個鴻途集團的董事局主席錢兵錢先生。錢先生很謙卑，不太說笑，對我們都很客氣。我當時跟你現在的想法一樣，覺得什麼鴻途集團啊，我怎麼從沒聽說過，所以根本就沒當回事。宴會結束，錢先生離開了，我還跟那位招商局長說，這是什麼人啊，用得著你對他這麼尊敬嗎？局長笑說你知道什麼，這個錢先生在我們省城的中心地帶投資了三十多億人民幣，正在建設鴻途商城，要給我們省城打造出一個現代化的核心商業圈。這麼有實力的財神，我不捧著他行嗎？」王洪回說。

聽到這裏，羅雨心裏也有些驚訝，西江省城的招商局長親口確認了這家鴻途集團的實力，看來這家公司確實不是什麼皮包公司來著，如果自己能讓這個錢先生到海川投資，豈不是美事一件嗎？看來踏破鐵鞋無覓處，得來全不費工夫啊。

羅雨便說：「這麼說，這位錢先生現在在北京？他住什麼地方啊？」

王洪警惕的看了羅雨一眼，「你問這個幹什麼？難不成你對這鴻途集團也感興趣？」

羅雨心裏正是這樣想的，可要是認了，等於說要撬王洪的牆角，便笑了笑說：「我也就是隨口一問。誒，鴻途集團既然已經投資了你們省城，你跑來又是幹什麼？」

王洪嘆了口氣：「我這不也是被招商指標給逼的嘛，我們局連續幾年沒完成招商指標了，市長說我今年如果再達不到，回頭就撤了我，我既然見到了這麼一個有實力的客商，自然是不能放過了，當時錢先生在宴會上說，他要到北京來辦事，我就按照他說的時間追了過來。」

羅雨心裏笑了起來，這傢伙原來跟自己一樣，也是一個撬牆角的。

喝完酒，王洪就回去了。雖然兩人沒有再談起錢兵和鴻途集團，可是羅雨心中卻暗自刻了一道痕，他知道這個鴻途集團如果能爭取來，那可是大功一件了。

現在要趕緊找到這個錢兵住的地方，也不知道他會在北京待幾天，如果他離開北京，自己再想聯絡他就更困難了。時間很緊迫，羅雨趕忙聯絡自己在北京各五星級賓館的熟人，向他們查詢有沒有一個香港鴻途集團的錢兵入住。

很快，羅雨就查到了錢兵入住的酒店，並得知他還會在北京待上三天，下面的問題就是如何接觸到錢兵了。這對羅雨並不是一件難事，他有傅華這個老師在一旁，只要照著他當初的做法去做就好了。

第二天一早，羅雨就準備好有關汽車城項目的資料，趕到了那家酒店，在大廳裏要了一杯咖啡，對著電梯門坐著，他要跟傅華一樣守株待兔，等待錢兵外出的時候攔住他。

十點多的時候，羅雨得到了朋友的指示，錢兵離開了房間，要外出了。過了一會兒，一個看上去五十歲左右，個子高高，長臉，略顯消瘦，戴著一副黑框眼鏡的男子，和一個穿著套裝、看來十分幹練的年輕女子一起走出了電梯。

羅雨的朋友大致給他描述過錢兵的模樣，眼前的這男子跟描述很是相符，羅雨基本上可以認定這就是錢兵和他的女助理，便站起來匆忙迎了過去。

走到那名男子面前時，羅雨笑著說：「錢先生是吧，您好。」

那名男子愣了一下，停了下來，身邊的女子趕忙搶前一步，擋在了男子和羅雨面前，警覺地看著羅雨，說：「你是什麼人？怎麼會認識錢先生？」

羅雨一聽，便確定眼前這個男子就是錢兵了，便笑了笑，拿出名片遞給女子，說：「你好，我是海川市駐京辦的副主任羅雨，我們市裏有一個汽車城項目，很適合錢先生去發展，所以我想跟錢先生談一談。」

女子回頭看看錢兵，錢兵點了點頭，女子就把名片接了過去，轉交給錢兵。

錢兵看了看名片，又看了看羅雨，笑說：「年輕人，你倒是挺會找機會的，你是怎麼知道我是誰的？」

羅雨見錢兵笑了，暗自鬆了一口氣，起碼這個錢兵對自己攔截他並不反感，便笑笑說：「我是跟西江省一個朋友聊天，聽他說起過您，知道您的鴻途集團實力雄厚，覺得您可能會對我們海川的汽車城項目感興趣，就找了過來。」

錢兵搖搖頭說：「年輕人，不要聽你的朋友瞎說，我們鴻途集團沒什麼的。而且我們集團目前的發展重心在西江省，對什麼海川市不感興趣。好啦，我跟一個朋友約了一會兒見面，再耽擱下去就要遲到了，你是不是可以讓開一下。」

羅雨並沒有閃到一邊，他總結過傅華說動陳徹的成功經驗，他覺得傅華之所以能成功，說穿了很簡單，就是纏住對方不放，此刻羅雨自然覺得不能放走錢兵。

羅雨陪笑著說：「錢先生，您還沒聽我具體談海川的汽車城項目呢，又怎麼能確定您就沒興趣呢？」

錢兵臉沉了下來，說：「年輕人，我這個人向來很守時的，你再阻攔下去，我如果遲到了，一定會很不高興的。」

羅雨看到錢兵臉色變了，也不敢再不讓開路了，便說：

「錢先生，您聽我說一句，我敢跟您保證，這個汽車城項目一定會讓你大有收穫的，現在您不方便跟我談，回頭您可以再跟我約個時間談談啊，相信您跟我談了之後，一定會有興趣的。這是關於汽車城項目的資料，您可以先看一看。」

錢兵笑著搖了搖頭，說：「你這年輕人還真有韌性，好了，怕了你了，你先把資料交給我的助理吧，我看了資料，改天找時間再跟你談，好不好？」

羅雨高興的連連點頭，就將資料遞給了女助理。

「好啦，現在你可以讓開了吧？」錢兵說。

羅雨懇求說：「錢先生，你可一定要看這份資料啊。」

錢兵笑笑說：「好啦，我答應你一定看，這下可以讓開了吧，我真的要遲到了。」

羅雨這才閃到了一邊。錢兵帶著女助理匆匆就往門外走，羅雨站在他們身後，心說：原來傅華擺平陳徹並沒有什麼啊，自己這不是也三兩下就擺平了錢兵嗎？看來自己也不比傅華差，說不定這一次自己表現的還比傅華要強呢。

等到錢兵和女助理走得都看不見了，羅雨這才收拾好激動的心情，回到海川大廈。

傍晚，羅雨接到了錢兵女助理的電話，女助理說錢兵看了羅雨送過去的資料，對這份資料很感興趣，因此想請羅雨過去詳談。

羅雨心中十分高興，自己的運氣原來這麼好，他克制住心中的喜悅，說：「請你告訴錢先生，我一會兒就過去。」

放下電話，羅雨連忙打扮了一下自己，也沒跟高月說，匆忙出了海川大廈，就往錢兵住的酒店去。

錢兵見到羅雨，伸出手來，說：「你好，羅先生。」

羅雨用力的握了握錢兵的手，說：「謝謝，謝謝錢先生肯給我這個詳談的機會。」

錢兵笑說：「我是擔心如果今天我不跟你談，明天你說不定一早又會在大廳裏堵我了。」

羅雨有些尷尬的說：「不好意思啊，錢先生，我那是沒有辦法的笨辦法。」

錢兵說：「但是很有效啊，你不用不好意思，我剛才是跟你開玩笑的。其實我很欣賞你身上的這股幹勁，這在時下的年輕人身上可是很難見到了。」

錢兵就把羅雨讓到了沙發那裏坐下，女助理給他們泡上了茶。

錢兵看了看羅雨，說：「年輕人，你現在可以跟我說說你們海川的汽車城項目了嗎？」

羅雨說：「好的，這個海川汽車城正好位於海川市的市中心，是我們市最繁華的地帶，交通便利，前段時間原本由一家叫做百合集團的客商投資興建，現在由於百合集團出現了問題，資金無法延續，整個項目就被擱置了下來。」

錢兵說：「原來是百合集團開發的案子，看來高豐出事，讓你們也跟著遭殃了。」

這錢兵對商業圈還真是瞭解，自己一提及百合集團，他立即就知道高豐出事的情況，羅雨心中對錢兵越發信服，便說：

「看來錢先生也知道高豐的事啊，實際上，他在這個地方發展汽車城本來是很英明的，可是不該玩弄一些金融伎倆，搞到最後資金鏈斷裂，白白葬送了一個大好的項目。錢先生，我跟您說，您現在要是接手下來，會節省很多前期的投入，而且這是黃金地帶，前景可是一片大好啊。」

錢兵看了看羅雨，說：「不過，羅先生，我的集團跟汽車可是扯不上半點關係，沒這方面的資源，我不知道把這個汽車城項目接手下來能夠做些什麼。」

羅雨說：「這可是一個黃金地塊，不做汽車城也可以做別的啊。您放心，錢先生，做別的一樣大賺的。」

錢兵笑了笑，說：「羅先生，現在是你找到了我，想讓我接下這個項目，那你給我拿出一個賺錢的可行方案來，看能不能說服我。」

羅雨心裏慌了一下，他只準備了汽車城項目原有的資料，對於錢兵接下這個項目能夠做什麼並沒有認真的考慮過，錢兵這麼一問，一下子把他給問住了。

羅雨明白，錢兵要自己拿出方案來，是在考自己，如果不能給他一個滿意的答覆，怕自己跟錢兵的交道也就到此爲止了。這樣一個大好的機會一定不能放過，自己一定能想出一個好主意來的。

羅雨腦海裏飛快的轉動著，把平常所看的一些經濟雜誌上的名詞想了一遍，忽然腦海裏靈光一現，對啊，自己怎麼這麼笨啊，窗外不就是北京的ＣＢＤ地帶嗎？可以建議錢兵把這塊黃金地塊改建成海川的ＣＢＤ啊。

ＣＢＤ是中央商務區（central business district）的英文簡稱，是指一個國家或城市裏主要商業活動進行的地區。其概念最早產生於一九二三年的美國，當時定義爲「商業會聚之處」。隨後，ＣＢＤ的內容不斷發展豐富，成爲一個城市、一個區域，乃至一個國家的經濟發展中樞。

一般而言，CBD高度集中了城市的經濟、科技和文化力量，作爲城市的核心，應具備金融、貿易、服務、展覽、諮詢等多種功能，並配以完善的市政交通與通訊條件。世界上出名的城市CBD，有紐約的曼哈頓、倫敦的金融城、巴黎的拉德方斯、東京的新宿、香港的中環等等。而錢兵所住的這家酒店就位於北京朝陽區CBD地帶上。

羅雨站了起來，說：「錢先生，您過來跟我看一下。」

錢兵疑惑的看了看羅雨，說：「看什麼？」

羅雨說：「您跟我來看就知道了。」

錢兵就跟著羅雨一起走到了窗戶前，羅雨指了指窗外，說：「錢先生您看窗外，您應該知道這一片地帶是什麼吧？」

錢兵不明白羅雨的意思，他看了看窗外，說：「是什麼啊？」

羅雨笑了起來，說：「錢先生，您真是當局者迷啊，這是北京的CBD地帶啊。看到這麼繁華的地帶，您就沒聯想到什麼嗎？」

錢兵怔了半晌，他還是不十分明白羅雨的意思，便問：「羅先生，你究竟想說什麼？明說好不好。」

羅雨雙手朝窗外比劃了一下，說：

「您現在住的這個地方，就是北京的ＣＢＤ，是北京最繁華的商業圈之一。您想想，海川汽車城位於海川市的市中心，如果把它建成海川的ＣＢＤ，讓它成為海川市最繁華最大的一個商業圈，那該是怎樣的一個輝煌前景啊。」

錢兵眼睛亮了，說：「羅先生，還是你們這些年輕人腦筋反應快，一下子就想到了ＣＢＤ，我上了年紀，腦子不靈光了，竟然半天才反應過來。不錯，你這個設想很不錯，把你們的汽車城項目建成一個繁華的ＣＢＤ，盈利前景一定很可觀。」

羅雨笑說：「這麼說，錢先生願意到我們那裏去投資了？」

錢兵說：「我現在還不能下決定，不過，我願意到你們那裏實地考察一下，等實地考察完，我再看是否要投資，你看這樣行嗎？」

羅雨興奮地點了點頭，說：「當然，如果要投資這麼大的項目，當然需要實地考察一下了。您看什麼時間能夠成行，我好跟市裏面說一下，做好迎接您的準備。」

錢兵說：「行程安排方面嘛，目前還不好說，我還需要去西江省處理些事情，這樣吧，等我把西江省的事情安排好了，我就馬上去你們海川市，行嗎？」

羅雨愣了一下，錢兵不能馬上成行，讓他有些擔心他去了西江省之後會不會有什麼反覆，便說：「錢先生，打鐵要趁熱，現在我們機緣巧合碰到了一起，你何不趁現在直接就去海川市呢，您放心，我跟我們市長是有直接聯繫的，可以馬上就將接待您的事宜安排好。」

錢兵笑了，他看出羅雨在擔心什麼，便說：「羅先生，我這個人就有一點好處：守信，答應別人的事情就一定會去做，你放心，我答應你要去海川，就一定會去的。這是我的手機號碼，在我去之前的這段時間，你可以直接跟我聯繫。」

說著，錢兵拿出一張名片遞給了羅雨。

羅雨將名片收好了，說：「那我就等著聽錢先生的消息了。」

錢兵笑笑說：「我會儘快安排，不會讓羅先生久等的。時間也不早了，一塊吃晚餐吧？」

羅雨說：「不好打攪錢先生了，要不，我請錢先生去我們海川大廈那裏用餐？」

錢兵搖了搖頭，說：「我跑了一天，很累了，不想動，就不出去吃了。羅先生如果不嫌棄，就在這裏跟我一起隨便吃點好不好？」

羅雨趕緊說：「能跟錢先生一起共餐是我的榮幸，謝謝了。」

錢兵伸手拍了拍羅雨的肩膀，笑著說：「年輕人，不用這麼客氣，是我要謝謝你才對，你送了一個這麼好的項目到我面前來。」

錢兵就讓助理幫他和羅雨點了客房服務，一會兒侍者將飯菜送到房間，錢兵和羅雨就在房間裏吃了起來。

吃飯當中，錢兵對羅雨是大加讚賞，說什麼年輕人有想法有衝勁，敢想敢幹，是一個十分難得的人才，說得羅雨暈暈乎乎的，感覺自己就是一匹千里馬，一直被埋沒在駐京辦，今天有幸遇到了伯樂，終於被發掘出來了。

飯菜很簡單，錢兵也沒叫酒，兩人很快就吃完了。羅雨雖然有些不捨得離開，可是也清楚時間不早了，便站了起來，告辭要離開。

錢兵說：「我也很累了，就不留你了，再見。」

羅雨說：「那您休息，我走了，希望儘快能在海川見到您。」

錢兵笑了笑，說：「行啊，我會儘快的，保持聯絡。」

羅雨就離開酒店，回到了海川大廈。

到了宿舍，羅雨忍不住就想打電話給徐正，看看時間已晚，這個時候打過去怕是會影響市長休息的，便強摁住了打電話的念頭。

第二天一早，羅雨哼著小曲去了辦公室，高月看到他，不禁問道：「昨晚又跑去哪裡了？」

羅雨說：「我有朋友剛好來北京，我去見他一下。」

過了一會兒，羅雨估計徐正已經上班了，就藉口說要去餐館看看，離開了辦公室，在電梯裏撥了電話給徐正。

徐正接通了，羅雨說：「您好，徐市長，我要向您彙報一個好消息。」

徐正笑笑說：「你好啊，小羅，什麼好消息啊？」

羅雨說：「經過我的一番努力，終於找到了一個很有實力的港商，他對我們的汽車城項目很感興趣，近期會到我們海川考察一下。」

徐正聽了，說：「好哇，這是一個好消息，小羅啊，我沒看錯你，你當上副主任之後，這麼快就能給海川拉來客商，不錯啊。」

聽到徐正這麼讚揚自己，羅雨興奮地臉都紅了，說：「我是徐市長您培養的幹部，當然要盡力工作，好不辜負您對我的信任。」

徐正笑了，這是他當初借勢安排在傅華身邊的棋子，想不到這麼快就發揮作用了，便說：「我是給了你機會，不過也要你自己肯努力才行。小羅啊，你是塊好材料，好好幹吧，上面會注意你做出來的成績的。」

羅雨聽了更加激動，說：「我一定不會辜負您對我的期望。」

徐正掛了電話，正好電梯到了一樓，電梯門打開，傅華正站在門外。羅雨錯愕了一下，在這個他被徐正表揚的興奮時候，他最不想看到的就是傅華了，爲了怕傅華看出些什麼，他盡力將心中的喜悅壓下去，力作鎮定的說：「傅主任來了?!」

傅華注意到羅雨臉上一閃即逝的興奮，問道：「小羅啊，什麼事把你高興的？」

羅雨心慌了一下，他自然不能把自己偷著向徐正彙報的事情說給傅華聽，趕忙說：「沒有哇，我沒什麼高興的事情。」

見羅雨否認，傅華心中不免有些疑惑，他明明就看到了羅雨掩飾不住的喜悅，看來這傢伙現在跟自己越來越陌生了，什麼事情都不願意跟他分享。

兩人是一上一下，羅雨匆忙從電梯裏走了出來，傅華進了電梯，電梯門關上，兩人就各奔自己的方向而去了。

傅華進了自己的辦公室，他並沒有用心思在羅雨身上，去想羅雨究竟爲什麼那麼興奮，他現在正被汽車城項目難住了，他四處托人尋找客商，可是有時候就是這樣，你越是急於尋找的時候，往往越是難以找到。

傅華有些坐困愁城，他很想找個人聊聊，可是卻很難找到這樣一個人。趙婷一向閒散慣了，對這種事情基本上並不關心，就算她爲了關心傅華而幫他操心這件事情，她的人脈關係現在跟傅華完全是重合的，傅華找不到能幫忙的人，她一樣也是找不到的。另一方面，趙婷自小嬌生慣養，並不是一個善於溫柔體貼丈夫的妻子，她雖然很愛傅華，可是表現在傅華面前更多的是撒嬌和使小性，這個時候傅華想要在趙婷那裏尋找慰藉不但是徒勞的，還會給趙婷徒增煩惱。

本來蘇南是一個很適合在一起聊聊的朋友，可是蘇南自海川投標失敗之後就沒再出現，傅華不知道他現在是不是躲起來在療傷，但傅華清楚，這個時候去騷擾蘇南並不合適，相比起蘇南要撐起整個振東集團，他這點事情實在是小事，他不能拿這點小煩惱去打擾一個更加煩惱的人。

至於曉菲，她這段時間一直沉寂著，傅華倒是很想找她聊聊，她是一個聰明的女人，一定瞭解自己心中所想，就算拿不出什麼具體的解決方案，起碼也能給自己打打氣，寬解一下自己。

但是，雖然曉菲的手機號碼就像刻在傅華腦海裏一樣清楚，他卻不敢撥動這幾個最簡單的阿拉伯數字，曉菲對他來說就像一座火山，他不敢去撩撥，怕一旦這座火山活了起來，那時候噴湧出來的岩漿怕是能將兩人一起毀滅掉。

傅華有些弄不明白自己跟曉菲之間究竟是怎麼回事，他是深愛著趙婷的，不願意給趙婷造成任何傷害，但有時午夜夢迴，他又不可抑制的思念著曉菲，腦海裏翻騰的都是那一次兩人深吻的影像。

這讓傅華心中有一種很深的負罪感，這與他一貫的道德原則是不相符的，他內心深省，認爲這是自己人性中惡的部分，因此傅華寧願把這座火山掩埋掉也不想去觸發，他也就更不能去主動聯繫曉菲了。

羅雨到了一樓，在海川風味餐廳轉了轉，沒事找事的說了服務員幾句，回到辦公室之後，他接到了王洪的電話。王洪說他拜訪了鴻途集團的錢兵，可是錢兵對去羅清市投資並不感興趣，此次北京之行算是無功而返，他要回去了。

羅雨心說，其實你這次不能說是無功而返，你是給我送了一個天賜良機過來，我應該感謝你的，也許沒有我的橫插一腳，錢兵對去羅清市就會感興趣了。

羅雨說：「那你過來，我給你餞行吧。」

王洪嘆了口氣，說：「我票都訂好了，來不及了，等下一次吧。」

羅雨聽得出王洪的沮喪，知道他沒心情過來，就說：「那好吧，下次吧。」

王洪跟羅雨道了聲再見，便掛了電話。

羅雨心中忽然有些悵然，他感到是自己造成了王洪的失敗，這是怎麼了？自己不是這個樣子的啊，以前別人有了難處，自己都是感同身受，會想盡辦法去幫忙解決的；可現在呢，自己不但沒幫忙，甚至還在暗地裏撬牆角，這還是那個浪漫的詩人羅雨嗎？自己怎麼變得這麼六親不認了？

可是轉念一想，這不是婦人之仁嗎？就算自己不去找錢兵，錢兵也不一定就會接受王洪的邀請去羅清市投資啊。自己不過是及時把握住了機會而已，這怎麼能算是六親不認呢？

這麼一想，羅雨便釋然了，他不再爲王洪的事情煩惱，他想得更多的是已經觸手可及的成功，想的是錢兵在海川市投資之後，自己能夠受到市委市政府領導們的認可。

想到這些，羅雨越發有了幹勁，錢兵不是留了私人電話給自己嗎，那好，我就天天督促他，直到錢兵成行那一天爲止。羅雨相信，只要自己臉皮厚一點，多糾纏糾纏，錢兵一定會成行的。

於是，羅雨就一天一個電話打給錢兵，詢問他在西江省的進展情況。

第二章

騎虎難下

羅雨心中暗罵自己冒失，不該這麼嘴快的就把情況通報給徐正，
這下子弄得騎虎難下了。
羅雨是很清楚徐正為人的，往往一個小小的舉動就會引發他的猜忌，
傅華身上發生的事情就是一個很好的例證。

羅雨在電話裏說話都小心翼翼的，生怕自己這麼糾纏惹煩了錢兵。幸好錢兵似乎對羅雨很有好感，只要羅雨的電話一打過去，他很快就會接通，接通之後，便會立即向他講明自己這一天都做了什麼，然後還會跟羅雨聊一會兒天。

錢兵這麼熱情，搞得羅雨反而不好意思起來，心說這錢兵不愧是大老闆，沒架子不說，還很有涵養，自己這麼煩他，他還能這麼熱情的跟自己聊天。

雖然明知這樣是在騷擾錢兵，羅雨卻不敢停下每天的這通電話，他害怕萬一停了，錢兵就從自己身邊溜走了。

但是聊著聊著，羅雨慢慢感覺有些不對勁，錢兵竟然對很多商業方面的基本知識都不懂得，不說別的，就說這個CBD吧，雖然現在錢兵開口閉口都是CBD，可是似乎他並不知道CBD究竟是什麼，就連羅雨爲了顯示自己的英文水準，隨口講了CBD的英文全稱central business district，錢兵竟沒反應過來，還問羅雨這句話是什麼意思。

這讓羅雨起了懷疑，這錢兵真的是香港的大老闆嗎？怎麼連一句基本的英文商業術語都聽不懂呢？

要知道在香港，英文也是官方語言之一，香港被英國殖民了那麼久，很多香港人國語可能講得不流利，甚至不會說，可是英文卻十分的精通，怎麼這麼大一個集團的老闆竟然會不懂英語？這個錢兵有些不對勁。

再聊下去，羅雨越來越懷疑了，錢兵口口聲聲說要在海川建一座鴻途國際CBD，要在海川打造出一個地標性的建築，聲稱集團準備爲此投資四十八億人民幣，可是他卻說不清楚這個CBD究竟應該包括什麼。

羅雨的心涼了，他是受過高等教育的人，知道要投資四十八億人民幣，就算是香港六大家族中的任何一個，也不可能是一摸腦袋就可以決定的事情，必然會經過集團內部的專業團隊進行詳盡的評估，打成報告，然後提交董事會通過，才能作出決定。

錢兵這麼腦袋一發熱隨口就許下承諾，真正懂得的人馬上就明白，這不是一個大老闆會做的事情。再是，真正的大老闆都是很謹慎的，就算是真的要投資，也會故意爲難對方，好抬高要價的砝碼，哪裡像這個錢兵，還沒去海川考察，就直抓亂上的跟自己套交情。

羅雨基本上可以認定，這個錢兵一定有問題。

想清楚這一點，羅雨的汗就下來了，自己可是將錢兵要去海川的事跟徐正彙報過了的，如果遲遲不把人領過去，徐正會怎麼看自己呢？他肯定不會再稱讚自己是什麼可造之材了。再是，就算領了錢兵過去，到時候被發現錢兵竟然是個大騙子，這自己的臉往哪兒擱啊？

羅雨心中暗罵自己冒失，甚至想抽自己幾個巴掌，不該這麼嘴快的就把情況通報給徐正，這下子弄得騎虎難下了。羅雨是很清楚徐正爲人的，往往一個小小的舉動就會引發他的猜忌，傅華身上發生的事情就是一個很好的例證。

這可怎麼辦呢？自己可沒傅華那麼硬的根基，徐正動不了傅華，動自己卻是輕而易舉，如果到時候拿不出一個令徐正滿意的方案，那自己的仕途就算徹底完蛋了。

羅雨心中開始大罵王洪不夠意思，他高度懷疑王洪這趟北京之行是來騙自己的。自己還一度暗自感激他送給自己這麼好的一個機會呢，哪知道根本就是一個陷阱。

不行啊，自己還有滿懷壯志沒有施展呢，怎麼能就這麼被毀了呢？一定有辦法解決這個問題的。

要解決這個問題，首先最基本的一點，就是不能放棄錢兵這條線。

羅雨想了想，便給一個在西江省省城的朋友打了電話，讓這個朋友儘快想辦法弄清楚，到底有沒有一個香港的鴻途集團在那裏投資，投資的情況如何？老闆又是誰？總之，他想瞭解關於這個鴻途集團的一切情況。他要根據瞭解的情況做下一步的判斷。

朋友傳回來的訊息讓羅雨越發困惑了，這個鴻途集團竟然真的在西江省有投資，而且據朋友說，聲勢還很大，叫什麼鴻途商城，投資額幾十億人民幣，是得到市政府高度扶持的一個項目，現在正轟轟烈烈的搞招商活動呢。

難道自己的分析是錯誤的？這個錢兵真的是大老闆？羅雨沒有自信了起來，他又問朋友關於鴻途集團老闆的情況。朋友不負所托，把鴻途集團的情況打聽得很詳盡，他告訴羅雨，這個鴻途集團的老闆叫錢兵，在西江省獲得了很多的榮譽，什麼愛國企業家啦，什麼傑出貢獻獎了；鴻途集團更是西江省的建築領軍企業，行業信用三A級企業……

看來自己是冤枉了王洪，他所說的關於鴻途集團和錢兵的一切都是真的，但是羅雨並沒有因此就排除對錢兵的懷疑。倒不是他懷疑朋友的可信度，而是朋友打聽來的資訊都是表面上的東西，這些都是可以做假的。

這無法抵消羅雨心中對錢兵這個人的判斷，這個判斷可是他根據自己見到和聽到的真實情況作出來的，是他心中對錢兵的真實感受。

這個跟自己判斷矛盾的資訊並沒有讓羅雨產生信心，也就無法給他一個明確解決問題的答案。怎麼辦呢？是放棄錢兵，還是帶錢兵去海川？羅雨更加犯難了。

但是不管怎樣，自己的仕途是不能放棄的，現在他的仕途就綁在錢兵身上，看來也只有選擇帶錢兵去海川這條路了。

現在問題的關鍵是，如何把錢兵領去海川？羅雨現在爭功的念頭徹底打消了，他不能把這樣一個問題人物記在自己賬上，他既要把錢兵領去海川，給徐正一個交代，又想要儘量撇清關係，不要將來出了什麼問題，牽連到自己身上。

還有，起碼要在錢兵被帶去海川的時候，能讓徐正看上去是很可信的，這樣子才能對徐正交代得過去。

如何能做到這些呢？羅雨絞盡腦汁，想要給自己找出一條出路來。

最後，他終於想出了一個辦法，那就是把這份功勞讓出來，把這條線索交給傅華，讓傅華去做最先的審查工作，那樣，如果錢兵投資成功了，一開始他就跟徐正彙報了這個鴻途集團，功勞當然少不了自己一份；如果失敗了，那傅華首當其衝就需要承擔審查不嚴的責任，自己也可以甩脫干係。

當然，現在還需要保證錢兵能夠通過傅華的審查，這一點，羅雨感覺應該沒問題，現在鴻途集團在西江省的投資是實實在在的，這首先就奠定了鴻途集團是可信賴的基礎；至於錢兵說話不靠譜，羅雨相信他是能夠幫錢兵糾正的，他可以在聊天的時候，不經意的跟錢兵講解一下CBD包括的內容和功能，以及可以帶給海川市的一切好處，相信這些錢兵都會認真聽並且記在心裏的。這樣一來，錢兵在傅華眼中肯定會是一個有雄厚實力的香港商人。

羅雨之所以有這個自信，是因爲他回想了一下自己這些天跟錢兵聊天的內容，基本上錢兵都是在販賣自己告訴他的一些關於CBD的知識。

他明白錢兵爲什麼喜歡跟自己聊天了，錢兵根本就是在套取自己的創意再變成他的創意，這讓羅雨對錢兵的培訓可以在不著痕跡當中就能完成。

另一方面，羅雨認爲自己對傅華太瞭解了，知道傅華喜歡什麼，他只要在對錢兵的談話中，有意的把傅華喜歡的東西加進去就行了。

李濤自從跟張琳那次單獨的談話之後，便開始對新機場項目更加關注起來。他是一個有責任感的人，不想看到自己參與建設的項目成爲一個豆腐渣工程，那可是要被老百姓指著脊梁骨罵一輩子的，因此隔幾天就會出現在工地上，察看施工的品質，跟監工交談，加強對工程品質的監管。

李濤的舉動很快就引起現場施工人員的警惕，有這樣一個領導時不時來檢查工程，對他們並不是一件好事，他們得時時小心，不讓李濤發現什麼問題出來。

現場施工經理把這個情況跟劉康彙報了，劉康心中有些詫異，李濤是徐正的副手，李濤這麼做，是不是徐正想要難爲自己啊？自己各方面應該都已經儘量打點得讓徐正滿意了，他這麼搞究竟是什麼意思啊？

劉康就打電話給徐正，說有事要跟徐正談，徐正就讓他去市長辦公室。

一見面，劉康便直截了當的問徐正：「徐市長，我最近有什麼事情讓你不夠滿意嗎？」

徐正笑說：「劉董這麼說是什麼意思啊？」

劉康說：「你我現在應該算是合作夥伴了吧？你有什麼需要可以直接跟我講，我一定會儘量給你辦的。」

徐正困惑的看了看劉康，說：「你究竟是什麼意思啊？不要打啞謎了，你想幹什麼就明說。」

劉康說：「您既然沒什麼不滿意的，那你派李濤不時跑去工地監工算什麼意思啊？」

徐正愣住了，他根本就不知道李濤最近常去工地，便說：「誰說我派李濤去監工了？」

劉康看看徐正，說：「你沒有嗎？那爲什麼李濤最近這段時間，時不時就會出現在工地，又問這問那的，好像我們施工的人一定會搞鬼似的。」

徐正對工程品質其實也有些擔心，他怕劉康跟自己達成了交易後，就肆無忌憚，不注重工程品質了，便說：「既然你們沒搞鬼，那怕什麼？」

劉康說：「我倒不怕什麼，可是他老這麼去，我們工地上還要招呼他，會耽擱工程進度的。」

徐正看了看劉康，心中在猜測李濤這麼做是什麼用意，便問道：「李濤還跟你提出什麼不合理的要求了嗎？」

劉康說：「倒沒提出什麼特別的要求，只是他一再出現，問這問那的，會影響我們施工的。既然不是你派他去的，這傢伙這麼做究竟是什麼意思啊？難道也想分一杯羹？」

徐正說：「這個李濤沒跟我提起過他經常巡視工地啊，或許你說得有道理，他也想分一杯羹。他也是機場建設指揮部的副總指揮，你是不是多少打點他一下，我們吃肉，也要讓他跟著喝點湯嘛。」

劉康笑說：「如果這傢伙是這麼想的，那倒容易，我一定處理得讓他滿意就是了。」

轉天，李濤再次出現在工地上，施工經理把消息通報給劉康，劉康就匆匆從西嶺賓館趕去了工地。看到李濤看完要離開，便直接把車停在李濤面前，下了車，說：

「李副市長，想不到會在這裏碰到您啊。您來工地有什麼指示嗎？」

李濤說：「我會有什麼指示啊？我今天正好有空，就過來看看施工的情況。」

劉康笑說：「李副市長對我們新機場工地還真是關心啊。」

李濤說：「這是應該的，我也是機場建設指揮部的一員，對工程也有責任的。」

劉康巴結地說：「李副市長，您真是一個有責任心的好領導啊，有您的監督，我相信我們康盛集團一定能夠順利完成這個工程的。」

李濤嚴肅地說：「關鍵不在我的監督，而是在於貴集團的施工品質。劉董啊，你要知道，這新機場將來會是海川市的標誌性建築，品質可是馬虎不得啊。」

劉康笑笑說：「這您儘管放心，我們是有信譽的公司，再說還有現場施工監理，這一切都能確保新機場的品質沒問題。您來了正好，我正有事找您，到我辦公室坐一下吧？」

李濤以爲是工程上的事情，便跟著劉康到他辦公室坐了下來，然後問道：「劉董，究竟是什麼事情啊？」

劉康陪笑說：「是這樣，您對工地這麼關心，我們公司十分感謝，這些天您也辛苦了，這裏有一點小意思，請您笑納。」

說著，劉康將準備好的一個紅包放到了李濤面前，紅包裏面是一張銀行卡。

李濤愣了一下，旋即臉色變了，說：「劉董，你這是什麼意思？想賄賂我？」

劉康笑笑說：「李副市長，我可沒賄賂您的意思，你爲我們工地這麼用心，拿一點辛苦費也是應該的。當然這個很菲薄，你如果還有什麼別的要求，或者有些費用不好處理，也可以交給我，我都可以幫您處理好的。」

李濤火了，說：「你這不是賄賂是什麼，劉董，我可提醒你，你這種行爲可是違法的。」

劉康呆了一下，他沒想到李濤竟然不接受自己的禮物和安排，他試探著說：「如果這些李副市長不喜歡，我可以收回來。但是不知道您跑來工地究竟是想要什麼？」

李濤有些明白了，一定是劉康以爲自己來工地關心施工品質是爲了敲詐勒索他們公司，便將眼前的紅包推回到劉康面前，正色說：

「劉董，你誤會了，我來工地巡視，是因爲這個項目對我們海川實在很重要，我一定要確保施工品質才能放下心來，我沒有任何想從你這裏索取什麼的意思。你不瞭解我，每逢遇到重大項目，我都會到工地上去檢查工程品質的，有點類似強迫症的症狀，想不到竟然會給你造成這樣的困擾。」

這傢伙還真是爲了工程品質而來的，這倒讓劉康有些意外，他將紅包收了回來，笑說：「是我以小人之心度君子之腹了，沒想到李副市長竟然是這樣一個廉潔的領導，不好意思，我這麼做真是不應該。」

李濤笑笑說：「一場誤會而已，劉董放心，只要你施工品質沒問題，基本上可以把我當透明人，不用管我的。」

劉康心說：我就是不放心這一點，你這傢伙時不時的冒出來，就好像懸在我頭頂的一把刀，誰知道什麼時候你會給我搞出什麼麻煩來啊。

心中厭惡，嘴上還不敢明說，劉康陪著笑臉說：「施工品質您放心，這個我敢打包票，一定沒問題的。」

李濤笑說：「那就好，如果沒什麼事情，我要走了。」

劉康假意客套說：「既然來了，吃了午飯再走吧？」

李濤說：「不行啊，我中午有安排了。」

劉康就沒再留李濤，送李濤離開了。

李濤離開後，負責現場施工的經理過來找劉康，說：「劉董，這樣下去不是個辦法啊，這姓李的不時就跑過來，我們工程的進度可無法保證啊。」

劉康說：「你當我想他來啊？我這不是也沒辦法嗎？他是機場建設的副總指揮，我總不能跟他說不讓他來吧？你先堅持一下吧，我會想想辦法的，不過，最近這段時間你給我小心一點，千萬不能被他抓住什麼把柄，知道嗎？」

施工經理點了點頭，說：「這我知道。」

經理去忙去了，劉康的眉頭皺了起來，他最怕遇到的就是李濤這樣的人，這種人無法收買，要想他不管閒事，還真是需要費些周折的。

劉康就去找了徐正，把自己送卡給李濤，李濤不收的情況大致講給了徐正聽，說完之後，劉康看了看徐正，說：「你說這李濤是不是嫌少啊？」

徐正想了想，搖搖頭說：「他根本就沒看內容，不會是多少的問題。」

劉康說：「這傢伙不會真有什麼強迫症吧？」

徐正笑了，說：「你聽他胡扯，我跟他搭檔這麼長時間了，還從來沒聽說他有這種症狀，再說，工程開建一段時間了，以前他怎麼不強迫，現在突然變得強迫起來了，這裏面一定有什麼緣故。」

劉康猜測道：「這傢伙一定是有所圖的，可是我給他好處他又不要，他在圖什麼呢？」

是啊，李濤在圖什麼呢？徐正忽然想起前些日子，市委書記張琳把李濤單獨叫去談話這件事情。張琳和李濤以前的互動並不頻繁，爲什麼會突然單獨跟李濤談起話來？也沒聽說這兩人要做什麼事情，是不是張琳跟李濤說了什麼，李濤這才忽然變得這麼積極，開始關心起機場建設的工程品質來了。

通常一個副市長對市長主抓的項目是會主動回避的，除非市長有交代。自己對新機場項目的重視，海川市上上下下都知道，按說李濤也是老官場了，這個禁忌應該懂得，不會再不知趣攪和進來，可他還是這樣做，那只有一個可能，那就是有比市長更強硬的人在背後支持著他。

徐正本來就是一個多疑的人，想什麼事情難免比別人多想一點，這兩件事情在他腦海裏一下子聯繫了起來。這一來，他的心就緊張了起來，他並沒有想到張琳只是關心工程品質的問題，而是開始懷疑張琳要跟李濤聯合起來對付自己了。

徐正對張琳一向很好的配合自己，心裏並不踏實，他知道很多市委書記和市長實際上都跟冤家對頭一樣，彼此爲了爭權奪利，鬥得你死我活的，張琳對他那麼好，一舉一動處處維護市長的威信，讓他都有些不太真實的感覺了。

他認真的思考了一下張琳這麼做的原因，想來想去，得出的唯一結論就是，張琳是因爲新登上市委書記寶座不久，根基還不扎實，因此想先維持跟自己的和平，先站住腳再說。

理順了思路之後，徐正便對張琳心生警惕，今天李濤這件事更讓他看到了一個不好的徵兆，張琳開始插手本來應該自己管轄的範圍，這是張琳在攬權，也吹響了他向自己進攻的號角。

這種狀況絕對不能繼續下去，自己的管轄範圍是不能允許張琳伸進手來的，必須趕緊予以制止，否則張琳就會得寸進尺，步步蠶食自己的權力。

想到這裏，徐正覺得必須弄清楚李濤頻繁出現在工地的真實意圖，便說：「我們不要在這猜謎了，你先回去吧，回頭我把李濤叫來問一問，看他究竟是想幹什麼。」

劉康說：「好吧，你趕緊把這件事情搞清楚吧，不然的話，老這樣搞下去，會搞得大家都無法心安的。」

徐正警惕的看了看劉康，他很懷疑劉康對這件事反應這麼激烈，是因爲劉康想在工程品質上打馬虎眼，怕被李濤發現，便說：

「劉董，我可提醒你一點，新機場項目可是從市、省直到中央各級都在嚴密關注的項目，你可不要在工程品質上給我出什麼問題啊。」

劉康笑笑說：「這你放心，我怎麼會拿工程品質開玩笑呢，我只是覺得李濤頻繁出現有些煩人而已。」

徐正說：「最好是這樣，否則你工程品質如果真要出現什麼問題，我可是不會跟你客氣的。」

劉康趕忙說：「一定不會的。」

第二天一早，市政府開完市長碰頭會之後，徐正讓李濤跟自己去了辦公室。

坐定後，徐正便說：「老李啊，我昨天聽劉康說，你最近經常去新機場工地打轉？」

李濤聽了，笑說：「是啊，劉康跟你說了？這傢伙，他以爲我去工地是爲了要打他的秋風呢，還想送我紅包，真是好笑。其實我是不放心他們施工的品質，這新機場可是我們市目前最重要的項目了，要是出什麼問題，我們大家可都有麻煩的。」

徐正笑笑說：「哦，是這樣啊。老李啊，我覺得你是過於擔心了，工地上不是都有監工嗎，難道你會比監工還懂得施工品質嗎？」

雖然徐正的話是笑著說的，可是李濤卻聽出了話中的別樣意味，徐正似乎對自己出現在工地有些不高興，自己也沒做啥不應該的事情啊，去看看工程品質，難道不是這工程副總指揮應該做的事情嗎？

李濤便說：「徐市長，我想你也知道，那些監工都是怎麼回事，他們哪裡肯負責任，我去看看才能放心些。」

徐正聽了說：「老李啊，你說這句我可不願意聽了，什麼他們不肯負責任！我跟你說，這工程監理是依國家法規設立的部門，他們的責任就是監管工程品質，工程品質出了問題，他們要負很大責任的。可叫你這麼一說，他們都成了聾子的耳朵──擺設了。」

李濤感到自己話說得有些不合適，便笑笑說：「可能我的話有點偏激了，我收回。不過，我去工地看看總是有益無害的，我希望能保證施工的品質，這一點，我想徐市長您的想法也跟我一致吧？」

徐正說：「那當然，我也希望這個項目能夠做成優質工程，這個工程的品質我也在抓，老李啊，你不會是連我也不放心吧？」

徐正這麼說就有些咄咄逼人了，李濤心裏彆扭了一下，笑笑說：「那怎麼會啊，徐市長您是工程總指揮，對這個工程責任比我重大，我怎麼會連您都不放心啊。」

徐正說：「老李啊，自我來海川之後，你我向來都配合得很好，我也很感激你對我的大力支持。我希望這一點能夠繼續下去，千萬不要因爲某些人不當的挑唆，就影響了你我的關係啊。」

李濤心裏咯登一下，徐正這話說得有意思了，這傢伙夠機敏的，從自己去工地，馬上就想到了是別人在自己面前說了些什麼，而這個別人，可能徐正已經猜到了是張琳。徐正這是在懷疑自己跟張琳聯合起來對付他了。

李濤只是因爲不想看到工程品質出什麼問題，並不想跟張琳聯合起來對抗徐正，趕忙說：「我向來是支持徐市長您的，今後也是。看來我去工地是有些多事了，這些天，我也看出來劉董他們一定會把好關的，以後我也就沒必要再去了。」

徐正看李濤退縮了，笑了，他很高興自己能對李濤有這種威懾力，說：「老李啊，你有這種態度我就放心了，我不是不想讓你去新機場工地，我只是覺得你去的過於頻繁，會讓施工方感受到很大壓力，會影響施工進度的。你知道我們這些做領導的，往往到一個地方都是前呼後擁，你去工地，人家不接待你不是，可每次都接待又會造成很大的負擔，你說是不是？」

李濤笑了笑，說：「客觀上是會造成這種局面，這可能是我考慮的不周到了。」

徐正說：「當然監督還是要監督的，我們也不能放鬆對工程品質的要求，但頻率可以降低一些；同時，我也會監督這項施工的品質的，畢竟我也是工程的總指揮，總負其責，我的責任更大些。」

李濤心裏明白，如果頻率降低，像蜻蜓點水一樣，偶爾才出現去檢查一下，這種檢查是毫無意義的，施工方大可以將問題遮掩過去。徐正這麼維護劉康，看來一定是在某種程度跟劉康達成了默契，因此並不歡迎自己出現在新機場的工地上。

李濤經過這幾年折騰，年歲日長，仕途上已經沒有更上一層的空間，雖然他還有一定的責任感，可是沒必要再去得罪這些未來還會有發展的同事，他也要為了日後的退休生活廣結善緣，因此並不想挑戰徐正的權威，便笑笑說：「我明白徐市長您的意思了。」

兩人又聊了一些閒話，李濤就告辭離開了。

李濤離開後，徐正並沒有感到輕鬆，心中反而更加沉重了起來。李濤可能日後都不會到工地去了，可是張琳肯定是不會就此罷手的。

雖然此刻徐正已經不像剛接任市委書記那個時候處境尷尬，新機場項目順利招標，讓徐正在省裏的聲譽有了一定程度的恢復，可是他並不因此感覺自己底氣足了，可以直接跟張琳叫板，自己是有不服黨委領導的前科的，如果衝突起來，肯定又會讓省裏面以為自己又犯了老毛病，剛剛積攢起來的一點聲譽，怕是又要損耗殆盡了。

又要隱忍，又不想讓張琳插手自己的勢力範圍，這種尷尬的境況讓徐正心中極為不舒服，腦海裏想的都是如何擺脫這種局面，可是一時之間卻也毫無辦法。

下班的時間到了，張琳並沒有離開辦公室，過一會兒他還要去參加一個宴會。

他這個層級的官員實際上是沒有什麼上下班和工作日、休息日之分的，參加宴會也是他工作的一部分內容。雖然張琳認為宴會什麼的不會解決什麼實際的問題，可是自己以市委書記的身分出現，代表著一種榮譽或者形式，因此他心中雖然有些厭煩，卻也不得不參加。

張琳也不知道自己什麼時候開始接受這種生活方式了，這種生活大多時間是沒有自我的，因為職務的關係，你不能說出內心真實的想法；因為職務的關係，你無法表達你喜歡什麼，不喜歡什麼；甚至因為你的職務關係，不得不將一些私人的娛樂愛好隱藏起來。

張琳是很喜歡下圍棋的，在他還是一個機關的小辦事員的時候，在下班時間常常會約上棋友，殺個天昏地暗。但成爲副書記之後，他就沒有再跟別人下過棋了，因爲很多人得知他愛好圍棋之後，便紛紛投其所好，要不是送他有關圍棋的東西，要不邀請他參加圍棋方面的活動。下棋已經不再只是一種單純的競技運動，而變成了一些人討好自己的媒介、一種公關的手段。

這讓他心生厭惡，不得不把這個愛好深埋起來，只能在家裏一個人的時候擺一擺棋譜，自娛自樂一下。

官員們的生活就是這個樣子，他們的生活和娛樂都是扭曲的，別人爲了牟取某種利益，一定會想盡辦法討好他們，而要做到潔身自好，不得不把自己包裹得嚴嚴實實，才能不受侵擾。

當然，也不能排除某些官員故意張揚自己的愛好，從中謀取他想要的利益的。曾經有某位副省長愛好書法，於是乎省城的大小商家很快就擺上了他的墨寶，當然，要得到墨寶需要奉上不菲的潤筆金。

秘書孔慶敲門進來，他是來通知張琳宴會的時間到了，張琳收拾好東西，便離開辦公室，上了車去了海川大酒店。

海川大酒店的門口，張琳的車剛停下來，另外一輛豪華轎車也駛了過來，停在張琳車子的旁邊，常務副市長李濤從車上下來了。

李濤是來參加另一場宴會的，沒想到會在這裏碰到張琳，他剛被徐正叫去談了話，正想要儘量避開張琳和徐正之間的糾葛，沒想到趕巧不巧，晚上就和張琳碰到了一起。

張琳肯定也看到了李濤，此刻已經容不得李濤閃躲，閃躲反而會造成一些不必要的誤會。

張琳也下了車，李濤笑著走過去，說：「張書記，你晚上在這裏也有活動？」

張琳點了點頭，說：「民營企業家協會在這裏有個酒會，邀請我來參加。」

兩人握了握手，並肩往酒店裏走。

張琳邊走邊問道：「老李啊，新機場那邊進展的如何了？」

李濤心裏有些尷尬，他剛剛才被徐正警告過，張琳卻又馬上提及這個話題，他有些不知道該如何措辭。

「還可以吧。」李濤含糊地說道。

張琳說：「老李啊，你是協助徐正同志抓新機場項目的，可要爲他排憂解難，抓好新機場的建設品質啊。」

李濤心說：什麼協助徐正同志工作，徐正剛剛才找我談過話，意思就是讓我少插手新機場建設工作。你們這兩個人，一個說往東，一個說往西，這讓我們這些做下屬的如何是好啊？

不管怎樣，還是要先應付過去，李濤便笑了笑說：「您放心，我會做好這項工作的。」

張琳覺得李濤話說得有些敷衍，這與那天兩人在辦公室談話的情形有些不一致，便看了看李濤，李濤見張琳看他，眼神有些不自然的閃開了。

張琳便知道這期間似乎發生過什麼事情了，不過現在是在公眾場合，兩人又都是來參加宴會的，張琳雖然心中有些疑問，也不方便追根究底。

正好到了李濤要參加活動的樓層，李濤跟張琳說了一聲就先走了。

張琳要參加的民營企業家協會的酒會安排在海川大酒店的宴會廳裏，協會的會長郭強帶著一眾人已經等在宴會廳門口。張琳一到，他們便迎了上來，一一和張琳握手，張琳馬上就進入到酒會的狀況中，腦海裏關於李濤的疑問便暫時擱置到腦後了。

第三章

成敗關鍵

「徐市長，我覺得這件事情似乎不太妥當啊。一個地區的經濟發展程度、產業結構和生產要素集聚以及市場化程度，直接決定了CBD發展的成敗。它更需要一個與該CBD定位相當的經濟基礎和市場規模，這是CBD成敗的關鍵。」

北京，駐京辦傅華的辦公室。

經過一番側面的培訓，羅雨感覺已經可以把錢兵介紹給傅華了，便找到了傅華。一進門，羅雨便說：「傅主任，我找到了一個港商，他對我們的汽車城項目很感興趣，想去我們海川考察一下看看。」

傅華驚喜的看著羅雨，這個困惑他有些時日的問題終於有了一線曙光了，便問道：「是嗎，小羅，這位港商叫什麼名字，現在在什麼地方？」

羅雨說：「他叫錢兵，是香港鴻途集團的董事局主席，現在在西江省省城，他在那裏有一個很大的投資項目。」

傅華愣了一下，說：「鴻途集團，我怎麼沒聽說過？」

羅雨對此早就有所準備，笑了笑說：「這家公司行事很低調，原本朋友介紹給我認識的時候，我也沒聽說過這家公司，可是我問過我在西江省的朋友，這個鴻途集團在西江省投資的項目很大，還得到了西江省和省城市的大力扶持，不是一家什麼空殼公司。」

傅華聽了說：「哦，是這樣啊，是不是我們去西江拜訪一下這位錢先生？」

耳聽是虛，眼見是實，傅華因為高豐的事情，現在更加謹慎了，他可不想再招來一個什麼騙子客商去。

羅雨說：「是啊，我也覺得應該去西江省實地考察一下，實話說，我對這個鴻途集團也是半信半疑，實地考察一下，也能確認一下鴻途集團真正的實力。」

傅華說：「對啊，你跟對方約一下時間，我們一起去看看再說。」

羅雨就跟錢兵約了時間，跟傅華二人一起飛到了西江省城。

錢兵派人將傅華和羅雨接到了鴻途商城的建築工地，工地上攪拌機轟鳴，一片熱火朝天的施工景象。

傅華看到施工現場占地十分廣大的鴻途商城，心中對錢兵就信了七八分了。知道想要撐起這麼大的項目，鴻途集團若是沒有一定的經濟實力是根本做不到的。

參觀完工地之後，錢兵設宴宴請傅華和羅雨。宴會安排的並不奢華和鋪張，這符合傅華對港商的認識，他知道這些港商們都是精打細算的，他們是該花的花，該節儉的一定會節儉。

宴會一開始，錢兵先向傅華表示了歉意，他說：「傅先生，真是不好意思，還麻煩你跑到西江省來。你們這位羅先生幾次催我去海川看一看，可是我這邊工地太忙了，一時難以抽身，所以才拖延到現在。」

傅華笑了笑，說：「錢先生這話說得太客氣了，您對我們的汽車城項目感興趣，工作又這麼繁忙，我是理應過來拜訪的。」

羅雨也說：「是啊，錢先生太客氣了，您要到我們海川投資，就是我們海川最尊貴的客人。」

錢兵笑笑說：「兩位真是客氣，什麼尊貴的客人，其實錢某只是一介商人，在商言商，我去投資，是看到了你們那個所謂的汽車城項目可以給我帶來豐厚的經濟利益而已。」

傅華笑說：「想不到錢先生這麼實在啊。」

錢兵說：「話說得再動聽，不去落實也是沒用的，沒有可觀的利益，我想誰也不會傻到去拿錢打水漂的。」

「錢先生說得真是太對了，既然說到這，我很想問一下錢先生，如果您接手了這個項目，打算如何去發展啊？」傅華問道。

錢兵笑笑說：「我們集團的技術團隊研究了一下你們這個項目的各方面條件，覺得很適合開發成爲區域內的ＣＢＤ。」

傅華是學經濟的，當然知道ＣＢＤ是指什麼，關鍵是海川是否有這麼大的經濟輻射力，是否有能力支撐起所謂的ＣＢＤ。

傅華笑了笑說：「錢先生，既然你想建設一個ＣＢＤ，我很想知道你是怎麼定位的。我知道國際上一些著名的ＣＢＤ都是建設在大都會區，是國家的核心區域，您認爲海川也具有這樣大的經濟輻射力嗎？」

錢兵笑說：「傅先生，看來你很懂經濟啊，是的，國際上一些成功的ＣＢＤ都是設在國家的核心地帶，像什麼法國的巴黎、美國的紐約，海川市肯定沒有那麼大的經濟影響力，想要成爲像那樣的ＣＢＤ顯然是不太實際的。這一點我很認同，所以我一開始就跟你說，我要建的是區域內的ＣＢＤ。這個區域是指什麼呢，你看海川市正位於黃渤海這條沿海經濟帶上，經濟可以輻射影響到日本韓國，海川市有這樣得天獨厚的地理位置，未來必然是這個區域的核心，所以我想在這裏提前佈局，建設區域內的ＣＢＤ。當然，這個ＣＢＤ規模會小得多，我們鴻途集團的經濟實力也有限，也無法建設像紐約曼哈頓一樣規模的ＣＢＤ的。」

看錢兵侃侃而談，傅華聽得津津有味，一旁的羅雨心中暗自好笑，心說這個錢兵倒好記性，把自己跟他說過的一字一句都記在心裏，轉頭來販賣給傅華聽，傅華還被唬得一愣一愣的，真是有意思。看來自己這份心機沒有白費啊。

傅華果然被錢兵這套說辭打動了，他說：「錢先生，還是你的眼光獨到，你這個想法很有戰略前瞻性啊。」

錢兵說：「這主要是我的工作團隊的功勞，他們告訴我，海川汽車城具備能成功建設成ＣＢＤ的幾大因素，首先，ＣＢＤ的建成需要政府的鼎力支持，這是ＣＢＤ作爲城市功能發展的必然，沒有政府的強力支持是不可能的。這一點我已經在你們海川市政府招商承諾中看到了，相信我去投資，一定會得到貴市的大力支持的。第二點是強有力的地方經濟支撐，根據我的工作團隊研究，海川市所處的黃渤海經濟帶，現在已經是繼珠江三角區之後的經濟高速發展地帶，我想支撐一個區域內的ＣＢＤ應該沒什麼問題。第三點就是海川市高效的水陸交通網絡，交通網絡是ＣＢＤ發展的基礎，尤其是ＣＢＤ新區開發建設，往往需要以大規模的交通系統建設爲先導……」

錢兵侃侃而談，如數家珍，傅華不知道這是羅雨事先幫他做好了功課，心中更加佩服了，這個錢先生果然不愧是大集團公司的董事局主席，對經濟竟然會這麼精通。看來真是不虛此行了。

這餐飯吃的賓主都很愉快，主人談得興致勃勃，客人聽得津津有味，結束時，傅華已經和錢兵達成了共識，他將向市裏通報，然後陪同錢兵去海川實地考察，以確定錢兵是否接手海川汽車城項目。

羅雨心中暗自竊喜，如果這錢兵連傅華都看不出什麼問題，那市裏面那些官員們就更看不出什麼問題了，看來自己這個如意算盤是打響了。

傅華將情況跟常務副市長李濤作了彙報，說香港鴻途集團的董事局主席錢兵想要來海川考察，看看是否要接手海川汽車城項目。

李濤聽完十分的高興，說：「這可是一個好消息啊，我們市裏面現在被這個項目搞得是焦頭爛額，如果有客商願意接手，實在是解了我們的燃眉之急。傅華，你又立了一功。回頭我馬上跟徐市長彙報，我相信他一定會很高興的。」

李濤知道前段時間傅華和徐正鬧得很不愉快，他知道不是傅華的錯，可是處在他的立場上，他又無法幫傅華，因此心中對傅華就有幾分歉疚，他覺得傅華和他都算是曲煒的老部下，他應該維護傅華的。現在傅華又立了新功，他想趕緊把這件事情告訴徐正，讓現在被汽車城項目弄得很難堪的徐正可以從困境中解脫出來，也能借此緩和他和傅華之間的矛盾。

傅華並不想貪功爲己有，笑說：「這個功勞不是我立下的，是我們駐京辦的副主任羅雨，客商是他聯繫的。」

李濤聽了說：「哦，是那個小羅啊。」

聽說是羅雨，李濤心裏涼了半截，市裏面的領導們都知道羅雨提升副主任是徐正建議的，如果功勞是羅雨的，那只能證明徐正有眼光，能夠識拔人才，與傅華可就沒什麼關係了。不但沒什麼關係，甚至可能危及傅華的地位穩固，因爲徐正是早就有意換掉傅華的，只是苦於沒有適當的人才可以代替，如果羅雨有能力頂上傅華的缺，相信徐正一定會想辦法將傅華從駐京辦調開，而讓羅雨取代他的。這對傅華來說是一個危機，而不是什麼好事。

羅雨這次將錢兵介紹給駐京辦，讓傅華對他的看法有所改觀，覺得他還是可信的，心中還有駐京辦，起碼沒有像林東那樣，私自就把客商領回海川，便說：

「是啊，小羅這個人很不錯。李副市長，現在我把情況跟您彙報了，請市裏面做好準備，不日我將陪同錢先生去海川考察。」

李濤說：「行啊，市裏會做好準備，你就安排錢兵來吧。」

李濤就跟徐正作了彙報，徐正聽了，說：「嗯，不錯啊，這個羅雨同志很有能力，沒讓我失望。」

李濤還沒提到客商是羅雨聯繫上的，徐正卻立刻就說功勞是羅雨的，便知道羅雨肯定私下已經跟徐正做過彙報了，心裏越發為傅華擔心了。羅雨越級彙報，肯定是跟徐正建立起某種直接的聯繫，有這樣一個可以通天的下級在，傅華這個主任怕是更不好做了。

李濤笑了笑，說：「看來羅雨同志已經跟您彙報了，是啊，傅華說這個客商是羅雨聯繫上的。」

徐正冷笑了一聲，說：「算他知趣，沒有把功勞攬到他身上去。行了，做好迎接客商的準備吧，這個汽車城項目弄得我們市政府灰頭土臉的，最好能夠早一點轉手出去。這一次在適當的情況下，我們可以把條件放開一點，多給客商一點優惠。」

李濤說：「好的，我會讓相關部門研究一下，怎樣提供更多的優惠給客商。對了，客商來的時候，您要不要到機場去接他啊？」

徐正說：「算了吧，我煩透了這個汽車城項目，你去接一下他，儘量讓他滿意，總之一句話，儘快讓我們市裏擺脫這個包袱。」

李濤說：「好的，我去接他就是了。」

過兩天，傅華、羅雨陪同錢兵和他的助理到了海川，李濤到機場迎接了他，將錢兵和他的助理安排在海川大酒店住下。

當晚，李濤做東給錢兵洗塵。傅華見只有李濤出面，覺得市裏面有些怠慢了錢兵，不過錢兵似乎並不計較這些，和李濤談得十分融洽，這讓傅華對他的好感又多了幾分，這人身價幾十億，竟絲毫不跟地方官員擺架子，這是十分難得的。

第二天上午，李濤帶著相關人員陪同錢兵實地考察汽車城，錢兵看得十分認真，圍繞著爛尾的汽車城轉了好幾圈。

看完之後，錢兵似乎有些不滿意，一直皺著眉頭，一言不發。

李濤覺得形勢似乎不太妙，便問道：「錢先生，你對這個地塊感到還滿意嗎？」

錢兵搖了搖頭，說：「老實說，我不是很滿意。」

羅雨在一旁心說：你不滿意最好，我已經將你領到海川，也算可以跟徐正作了交代了，如果你不投資，就只能說是市政府這方面沒安排好，達不到客商的滿意度，我就沒什麼責任了。

不過，羅雨心中也有些詫異，這傢伙如果真是個騙子，不是應該立刻說看好，然後假說投資再來騙錢的嗎？怎麼會一來就說不滿意呢？難道自己看錯了，他不是個騙子，還真是有實力的客商嗎？

羅雨此刻的心情患得患失，他一方面覺得錢兵不可信，希望這一次走個過場，能夠跟徐正交代過去就好，另一方面，他又盼望這個錢兵真的有實力能夠在海川投資建什麼CBD，那樣子就是他羅雨的功勞了，那他的仕途會一片光明的。

權衡再三，羅雨並不想失去這個機會，他笑笑問：「錢先生，我們這裏有什麼令你不滿意的地方嗎？」

錢兵說：「這裏位於城市的中心地帶，經濟繁華，四周交通發達，這些我都很滿意，只是有一點不好。」

李濤說：「不知道哪方面不好，我們市裏面可以研究改正啊。」

錢兵說：「李副市長，你看到這汽車城南面和東面那兩棟高樓了嗎？」

李濤說：「我看到了，那兩棟高樓是新建的，不在這個汽車城項目地塊之中。」

錢兵說：「問題就在這裏了，按照我心目中預計的規劃，這個汽車城地塊的土地根本不夠我用，我想往南和東再擴展些，可是被那兩棟樓限制住，這個地塊就只能這麼大了。很可惜，這個地塊小了一點，我只能跟貴市說聲抱歉了。」

錢兵這麼說，把李濤說愣了，錢兵不接受這個項目原來是因爲嫌項目地塊小，不夠他用。李濤趕緊說：「錢先生，你能給我講一下你的設想嗎？」

錢兵說：「是這樣的，我想在這個位置建設一座CBD，初步設想，要建五十萬平米的建築物，投資四十八億人民幣，打造一個東海省內最繁華的商業圈。」

李濤看了看錢兵，他沒想到錢兵設想的規模這麼大，這是一個很大的項目，他不想因爲兩座新建的大廈就影響這個項目落地。

李濤勸說：「錢先生，你先不要急著做決定，如果您真的有意投資，這兩座新建的大廈可以想適當的辦法處理的。」

錢兵看了看李濤，說：「真的可以嗎？」

李濤笑笑說：「可不可以，我不能做這個決定，不過，我可以把情況向上彙報一下，由市裏面決定是否處理這兩棟大樓。」

錢兵臉上露出了急切的表情，看著李濤說：

「李副市長，那就拜託你了。跟你說，我很看好海川市優越的地理位置，這裏處於黃渤海沿海經濟帶的中心位置，CBD建設在這裏，上下游城市都可以輻射到，如果把CBD建到別的城市，可能就不會有這麼好的效果了。」

李濤說：「行，我盡力幫錢先生爭取吧。」

現場考察就告了一個段落，李濤和傅華等人將錢兵送回海川大酒店，便告辭離開了。

傅華跟著李濤往外走，一邊問道：「李副市長，您真的打算要將兩棟新樓拆掉嗎？」

李濤笑笑說：「那要看值不值得了，如果值得，拆了也無妨啊。」

傅華說：「那兩棟新樓建得那麼漂亮，拆了很可惜的。再是這個錢兵是不是把規模搞得也太大了一些，我們這麼配合他，會不會有些盲目了？」

李濤說：「這個情況我也不能做決定，我要向徐正市長彙報一下，這個事情要上市政府常務會議。」

這是需要領導集體研究決定的，傅華就不好再說些什麼了。

李濤把情況彙報給了徐正，徐正聽完，眼睛亮了，說：

「他們要建ＣＢＤ？真是太好了，這可是目前國內城市化當中，最熱門、最時尚的東西了。我們東海省目前還沒有一個城市有ＣＢＤ，這個項目要是落地海川，我們海川市將會引領東海省城市建設的新風尚。」

錢兵這個ＣＢＤ的設想，正迎合了徐正求大求新的心理，他已經開始設想，如果這個ＣＢＤ建成，會在東海省造成什麼樣的影響，這將成爲他又一項顯赫的政績，爲他將來的發展奠定雄厚的基礎。

李濤說：「可是錢兵嫌那兩棟新樓礙事，說是被新樓擋住了，無法達到他想要的規模。」

徐正笑了笑，說：「那簡單啊，什麼礙事就拆什麼。」

那兩棟樓，一棟是某銀行新建的地區總部，另一棟是海川市行政事務管理中心，本來李濤認爲，如果錢兵要投資的話，這兩棟大樓不是不可以拆遷的；不過傅華在他來的路上提醒過他，一味地配合客商是不是太盲目了，現在徐正又表現得這麼熱衷，作爲副手，他就不能立即贊同了，他需要扮演理智一點的角色。

李濤看了看徐正，說：「徐市長，這兩棟樓都是新建不久，貿然拆除，市民的反彈聲肯定很大，您是不是慎重些？」

徐正笑說：「慎重什麼？現在是什麼時代了？這是個超速發展的時代，一慎重，我們就要比人家落後了。」

徐正這麼急切，讓李濤更加感覺不妥，這似乎有些冒進的跡象了，他知道自己無法去反駁徐正，便很想徐正跟張琳談一下，於是說：「那總要大家共同研究一下吧，也許其他同志會有不同意見。」

徐正看了看李濤，他對李濤這麼說很不高興，這麼說好像是在質疑他的權威，是不是這傢伙跟張琳談過話之後，在某種程度上已經跟張琳勾結在一起了？

上一次李濤去工地檢查品質已經冒出了某種危險的苗頭，這一次他又這麼說，明顯是暗示想讓自己去請示張琳。這件事情倒不是不能請示張琳，可是一請示，就等於默認把事情的領導權交到了張琳手中，這可不是他所樂見的。

徐正笑笑說：「對啊，是應該共同研究一下，回頭馬上召集市政府常務會議，我們研究一下。」

市政府常務會議是在徐正的掌控之下，他相信一定能夠順利得以通過的。

徐正這麼說，李濤就沒辦法再說什麼了。

市政府常務會議上，李濤先把錢兵要來投資以及嫌那兩棟樓礙事的情況向會議彙報了，李濤講完，徐正首先發表了自己的看法，他說：

「我們海川市在改革開放之初，作為最先開放的沿海城市，曾經是東海省經濟的領先城市，但這些年，我們變得有些驕傲自大了，都在坐吃老本，一些原本落後的兄弟城市，經濟發展先後超過了我們，這對我們來說是一個很大的刺激。這一次香港鴻途集團想在我們市建設一個ＣＢＤ，對我們來說是一個很大的機會，ＣＢＤ我想大家都知道是什麼，國際上那些著名的ＣＢＤ，像紐約、東京、巴黎，都是國際性的大都會，對周邊城市的影響力十分巨大。雖然目前我們並不能像這些國際大都會一樣，成為整個世界矚目的焦點，但是我們可以利用這個機會讓海川市成為黃渤海沿海城市的核心城市之一，我們要把這座歷史悠久的古城打造成沿海經濟帶的區域中心。為此，我想做出一點小小的犧牲也是應該的，所以我贊同，如果有必要就將這兩棟樓拆掉。」

徐正首先表明了自己贊同的態度，就為這次常務會議定了調子，幾個副市長相互看了看，都不好再提什麼不同意見了。

只有新來的副市長金達對此很不贊同，他說：

「徐市長，我覺得這件事情似乎不太妥當啊。ＣＢＤ是很好，這大家都知道，可是有一點大家可能不清楚，一個地區的經濟發展程度、產業結構和生產要素集聚以及市場化程度，直接決定了ＣＢＤ發展的成敗。我們可以花巨資建設一個ＣＢＤ，但這只是一個有形的外殼，它更需要一個與該ＣＢＤ定位相當的經濟基礎和市場規模，這才是ＣＢＤ的內核，是ＣＢＤ成敗的關鍵。世界著名幾個ＣＢＤ的發展歷程告訴我們，只有當地經濟強盛的ＣＢＤ才能發展得很好，像紐約、巴黎、香港和東京等，它們無一不是世界上經濟最發達的區域。沒有強有力的地方經濟支撐，想打造一個ＣＢＤ是不可能的，因為打造一個ＣＢＤ首先需要的是充足的資金。國內外不乏因定位失當，沒有相應經濟支撐而失敗的案例。我們是不是認真考慮一下現在我們的經濟實力是否可以支撐起一個區域性的ＣＢＤ？如果不能的話，我覺得還是不要盲目的為了迎合客商的要求拆遷兩座新建的大樓，畢竟這兩棟大樓剛建不久，馬上又要拆掉，是很大的浪費。另一方面也會讓市民感覺我們的規劃沒有前瞻性。」

金達是省裏面下派的幹部，他來是接替秦屯空出來的位置的，年紀很輕，還不到四十歲，前途不可限量。這一次被省裏面安排到海川市任職，明顯是下來增加基層經驗的。

徐正對金達站出來反對自己心中很不舒服，他笑了笑說：

「金達同志看來有很豐富的知識理論啊，不過呢，書本上的東西是要跟實踐結合起來才能發揮作用的，首先你要明白，這個ＣＢＤ是由港商投資的，資金問題就不需要我們去考慮了，我們只需要給他們一些必要的支持就行了。另一方面，關於我們市的經濟實力是否能夠支撐CBD的問題，你也說了，城市規劃是需要前瞻性的，我們目前也許還沒那麼強的實力，可是建成CBD之後，它一定會給我們市的經濟帶來很大的促進，那個時候，我相信我們的CBD一定會很興旺的。」

金達還要說些什麼，徐正卻不想讓他說下去了，說：「金達同志，我不想跟你辯駁什麼，我知道你反對就是了，其他同志有沒有反對意見？」

其他幾位副市長，包括李濤紛紛說沒有反對意見。徐正說：「現在只有一票反對，也就是說，本次會議同意如果爲了建設CBD的需要，可以拆除那兩棟新建樓房。」

金達見徐正完全是一副聽不進他人意見的態度，便說：「我保留不同意見。」

徐正看了看金達，心說這傢伙以爲自己是省裏派下來的，就敢這麼不把自己放在眼中，真是不知好歹，便說：「行，金達同志的保留意見可以記錄在案。」

會議結束後，金達心中很是不平，徐正完全是獨斷專行，他便去了市委，找到了張琳。

張琳正在批閱文件，看到金達一臉的憤怒，笑說：「金達同志，你這是怎麼了？」

金達說：「徐正同志真是專橫，別人的意見聽都不願意聽，這樣子工作可是要出問題的。」

張琳聽了，說：「你先別急，把事情說給我聽聽。」

金達就把開常務會議上發生的情況跟張琳彙報了，特別強調了自己想要跟徐正辯論，徐正卻根本就不聽。最後說：「您說張書記，爲了一個還不知道前景的ＣＢＤ項目，就要先拆掉兩座新建好的樓房，這不是胡鬧嗎？」

金達被任命爲海川市副市長之前，郭奎曾經就他要下來任職一事跟張琳交換過意見，郭奎當時交代張琳說，金達一直在省直部門中任職，主要從事一些經濟政策研究工作，書生氣比較嚴重，沒有基層的工作經驗，要多看顧他一些。

張琳明白像金達這樣學歷很高、在省直部門工作多年的人下放基層就是來鍍金的，這是省裏重點培養的人才。郭奎又這麼重視，還特別交代自己，他自然不能多護著他一些。

張琳也對金達身上這種責任感很欣賞，評價一個官員的好壞，首先就要看他是否具備這種責任感，在看到認爲不合理的事情就要進行抗爭，即使金達這種方式很不注重抗爭的策略。

他勸慰說：「金達同志，你先不要急嘛，可能徐正同志有他的考慮吧。」

金達看了看張琳說：「張書記，看來你是贊同徐正同志的意見了？」

張琳說：「我不是這個意思，可是你要知道，地方上這些同志們都肩負著很重的招商任務，這麼大的一個機會來了，徐正同志自然很想讓項目落實，這你要理解他。」

金達氣憤地說：「張書記，你不知道，我曾經特別研究過CBD，這個東西雖然名氣很大，聽起來很時髦，可是在中小城市鮮有成功的案例，如果貿然讓客商來投資，將來可能又要在我們城市的核心地帶多出一個爛尾的商業中心，這和現在汽車城項目的狀況並沒有什麼本質的區別。」

張琳聽了，表情嚴肅起來，他可不想把麻煩引進來，便說：「有這麼嚴重嗎？」

金達說：「當然了，國內現在幾個CBD都是在一線的大城市建設的，像我們這樣的二三線城市有幾個能搞得起來？徐正同志也不知道是怎麼想的，不做充分的調研，只要是大的新的就是好的，這可是有些盲目和冒進的。」

張琳說：「不做調研是不對的，你說這個項目是駐京辦的同志們帶回來的？」

金達說：「對啊，李濤同志說是駐京辦的主任傅華和副主任羅雨一起將人帶來的。」

張琳說：「傅華同志也回來了？」

金達說：「對啊。」

張琳說：「你先等一下，我把傅華同志叫過來瞭解一下具體的情況。」

張琳就打電話給傅華。傅華接了，說：「張書記您好，請問找我有什麼指示嗎？」

張琳埋怨說：「傅華，你回海川怎麼也不跟我說一聲？是不是因爲我上次批評你，對我有意見了？」

傅華可不敢給張琳造成這種印象，趕忙說：「沒有，我這次是帶客商來考察是否接手汽車城項目的，現在客商接不接手還不一定，所以就沒跟您彙報這件事情。」

張琳笑說：「你別緊張，我跟你開個玩笑而已，你過來我的辦公室吧，我想瞭解一下這個客商的情況。」

傅華立刻說：「好的，我馬上趕去。」

過了一會兒，傅華趕到了張琳的辦公室，張琳指了指傅華，對金達說：「金達同志，你還沒見過這個傅華同志吧？」

金達笑笑說：「還真沒見過，不過傅華這個名字我可是聽說過，融宏集團落戶海川不就是傅華同志的功勞嗎？」

張琳對傅華說：「傅華同志，來認識一下，這位是金達同志，我們市裏新來不久的副市長。」

張琳認爲金達未來肯定是海川市，甚至是東海省的政治明星，他把傅華叫來，也是有意安排讓兩人好好認識一下。

傅華趕忙上前跟金達握手，說：「您好，金副市長。」

金達也跟傅華握了握手，說了聲你好。

寒暄過後，張琳就讓傅華說明要來投資的鴻途集團的情況，傅華便講了事情的來龍去脈。

張琳聽完後，說：「這是那個羅雨聯絡的？不錯嘛。」

傅華笑笑說：「這一次羅雨同志確實做得很好。」

張琳說：「你對這家鴻途集團和這個什麼ＣＢＤ項目是怎麼看的？」

傅華說：「我和羅雨在西江省見到過鴻途集團正在興建的項目，他們在市中心圈了好大一塊地，看樣子是很有實力的公司。當地的官員對這個鴻途集團也是讚譽有加，說他們主動爲下崗職工和殘疾人士捐款高達三百多萬，是一家很有社會責任感的公司。」

張琳點了點頭，說：「這說明這家公司應該是靠譜的。那你對ＣＢＤ是怎麼看的？」

傅華說：「一開始我並不能接受在我們海川建ＣＢＤ這個想法，我認爲海川的經濟能力有限，無法支撐一個ＣＢＤ，後來錢兵跟我講了他具體的設想，他說，他想建設一個可以輻射黃渤海沿海經濟帶的ＣＢＤ，他這麼說，我倒覺得也許可以實行，他是一個成功的商人，有這個設想自有他的道理，反正我們只提供汽車城項目的地塊，你願意建什麼，只要不違法，都是可以的。只是我沒想到他來海川之後，竟然會不滿足於汽車城項目的地塊，還想要往外擴展，甚至要拆除兩棟新建不久的大樓，我覺得這個代價有點大了，也跟李濤副市長說過，這件事情要謹慎。」

金達在一旁說：「什麼黃渤海沿海經濟帶，傅華同志，你被這個人忽悠了，黃渤海沿海這一帶雖然得益於改革開放，經濟發達，可是各地的發展並不均衡，猶如一盤散沙，國家都還沒提什麼黃渤海沿海經濟帶的概念呢。再是CBD是以第三產業爲主導的，這裏的第三產業可不是指傳統的第三產業，而是當今世界上最發達最先進的第三產業，比如金融、保險、證券、仲介等行業。你想想，黃渤海沿海經濟帶包括的城市，有可能將金融、保險、證券這些最先進的第三產業的總部設在我們海川嗎？」

海川在黃渤海沿海地帶只是其中一個普通的城市，並不具備一呼百應的影響力，想要其他地區把一些重要產業的地區總部設置在這裏，顯然是不太實際的。

傅華有些驚詫的看著金達，他沒想到這個新來的副市長對經濟這麼懂行。

金達笑說：「你不用這麼看我，我可是專門研究過CBD的。」

傅華也笑了，說：「我沒想到金副市長這麼瞭解經濟，您這麼一說，我也開始覺得這個錢兵說得不太靠譜了，看來他並不真的懂得CBD。」

金達憤憤的說：「可是我們市政府常務會議剛剛通過了決議，準備要接受這個項目，而且爲了讓這個所謂的CBD項目落地，不惜將兩棟新建的樓房拆除，你說這不是胡鬧嗎？」

張琳笑說：「金達同志，我們這些下面的同志可沒有你這麼高的經濟理論水準，這你要諒解。」

金達說：「可是也不能什麼調研也不做，就馬上做出決策吧，這個可是很不科學的。」

張琳笑笑說：「好啦，這件事情回頭我會跟徐正同志反映一下，讓他是不是可以慎重考慮一下這件事情。」

金達強調說：「不是慎重考慮，是應該糾正這個錯誤的決定。」

傅華看了一眼金達，心說：這個副市長知識水準很高，但在官場文化上卻像是一個白癡，就算是市委書記，基本上也很難命令市長糾正市政府常務會議上通過的決議，因爲各自分工不同，這部分並不是市委書記應該管轄的範圍，就是有錯誤，市委書記基本上也只能勸市長慎重考慮，而無法採用命令的方式。

更何況張琳自接任市委書記以來，對徐正的工作向來是大力支持，很少干預的，他能說要反映一下讓徐正慎重考慮已經是很不錯了。

張琳心中對金達的看法跟傅華基本是一致的，這傢伙一直在省裏面做政策研究工作，對官場上這些權力鬥爭的事似乎並不明白，看來郭奎對他還真是瞭解，不然也不會特別再三交代自己要照顧他。

不過要想真正成長，還是需要受點挫折，不受點挫折，哪知道現實是什麼樣子的，郭奎把金達放到基層來，估計也是想要他補上這一課吧。

最後，張琳結論說：「好啦，金達同志、傅華同志，今天的談話就進行到這兒吧，我下面還有工作要做。」

金達還想說什麼，可是張琳已經低下頭開始批閱文件了，只好訕訕地跟傅華一起離開張琳的辦公室。

第四章

慧眼識人

徐正刻意強調羅雨，讓張琳心裏彆扭了一下，羅雨是駐京辦的工作人員，他做的事情自然也是駐京辦應該做的，值得這麼強調嗎？
不過，張琳無意跟徐正計較這個，他笑了笑，說：
「看來還是你慧眼識人啊。」

第二天一早，在書記會上，張琳對徐正說：「徐正同志，我聽說駐京辦針對汽車城項目領回來一個客商？」

徐正得意地說：「是啊，這主要是駐京辦副主任羅雨同志的功勞，這個客商是他聯絡上的。」

徐正刻意強調羅雨，讓張琳心裏彆扭了一下，就算是羅雨的功勞，可羅雨是駐京辦的工作人員，他做的事情自然也是駐京辦應該做的，值得這麼強調嗎？這根本就是徐正和傅華還有心結未除，他不想把功勞歸到傅華身上。

不過，張琳無意跟徐正計較這個，他笑了笑，說：「看來還是你慧眼識人啊，這個羅雨能引來客商是很值得表揚的。」

徐正笑說：「是很值得表揚，而且這次來的客商實力很強，打算在我們海川建設一座CBD，投資四十八億呢。」

張琳聞言說：「客商的實力真是很強，不過，我聽說市政府方面爲了承接這個項目，打算把銀行和行政事務管理中心那兩棟大樓給拆除掉？」

徐正笑笑說：「是啊，要引進這麼大的項目，我們總得表現點誠意出來，做一點小小的犧牲也是必要的嘛。」

張琳說：「可是有同志跟我反映，我們海川的經濟實力並不足以支撐一個CBD，這個CBD前景很不明朗，這時候貿然先把兩座新大樓給拆掉，是不是付出的代價太大了？徐正同志，你們市政府是不是再慎重的調研一下，看看這個方案究竟可不可行？」

徐正一聽，就明白金達去找過張琳了，他心中不由得十分的惱火，這個金達竟然背後告自己的狀，真是膽大包天！還有這個張琳是在幹什麼，又要插手市裏面的決策了嗎？

上次李濤的事已經引起徐正的反感，不過那是第一次，徐正又及時把火苗給撲沒了，因此把事情壓了下去；這次張琳再次插手市政府的事務，讓他覺得不能再這麼容忍下去了。

徐正看了看張琳，說：「張書記，您這麼說是什麼意思？您不贊同承接這個CBD項目？」

張琳笑笑說：「我不是不贊同，只是認爲是不是應該再慎重的研究一下？我覺得貿然就拆除兩棟新樓是不妥當的，如果不能提出一個很好的解釋，市民對我們這麼做，肯定會很有意見的。」

徐正說：「研究什麼，客商現在就在海川，你以爲他有時間等我們研究幾個月再來決定嗎？時機稍縱即逝，我今天跟客商說我們要研究，明天他可能就另找地方了。這時候我們就是要當機立斷。」

徐正說的也不是沒有道理，張琳說：「即使是這樣，我們也不能一味的遷就客商的要求，尤其是拆遷兩棟新樓的問題上，是不是可以協調一下，儘量避免不要這麼做。」

徐正說：「張書記，您是站著說話不腰痛啊，我也知道拆除兩棟樓對我們市來說浪費很大，可是如果不拆，客商就要離開，您要我怎麼辦？現在上上下下因爲汽車城項目，矛頭都對著我，現在好不容易找到能解決問題的客商了，您讓我把他放走嗎？放走了他，您能幫我解決這個汽車城項目的麻煩嗎？」

徐正話說的已經有些咄咄逼人了，這讓張琳也有些惱火，氣說：「徐正同志，是，汽車城項目是需要解決，可是我們也不能因爲要解決前面的麻煩，就不顧及後面可能產生的麻煩，所以我才勸你慎重考慮一下。」

徐正說：「張書記，您不要聽那個金達同志的胡說八道，他那些都是書本上的知識，現實當中並不實際的，我不知道這個CBD有什麼麻煩，還能比目前這個汽車城項目更麻煩嗎？再說，這是我們市政府的集體決議，又不是我徐正一個人的意思，難道說我們都錯了，就金達同志一個人正確？」

張琳和徐正兩個人的聲音都提高了八度，看上去就像吵了起來一樣，一旁的副書記秦屯心裏暗自好笑，他很高興看這兩個人吵起來，這兩個人有了衝突，他就能從中漁利了。

不過，當下秦屯總不能看著兩人直接就這麼衝突起來，他嗯哼了一聲，說：「張書記、徐市長，兩位能不能先冷靜一下。」

秦屯這麼一說，張琳和徐正都意識到自己有些失態了。

徐正笑了笑說：「我們這是爭個什麼勁啊，項目談判還沒有展開，最終人家落不落戶海川還不一定，我們卻在這裏爭得不亦樂乎。」

張琳也笑了，他感覺徐正講的也不無道理，現在汽車城項目已經到了必須要解決的時候了，如果不跟這家鴻途集團合作，再想找一家有這麼強實力的公司實在不是一件容易的事。總不能放任汽車城項目就這麼擱置著不管吧？

張琳便說：「老徐啊，我們倆也是的，爭個什麼勁啊。你說的也不無道理，機會是不等人的，如果放走了這一次的客商，下次還不知道什麼時候再能找來呢。」

徐正說：「反正這一次是客商自己投資，投資風險由他們自己承擔，至於拆除兩棟樓房，我想他們會給予必要的補償的，這對我們來說並無什麼損失啊。現在關鍵在於先把汽車城項目解決掉。」

張琳心裏也明白，汽車城項目爛尾在那裏，就像海川市臉上長了癬一樣，時時刻刻都在醒目的彰顯著曾經犯過的錯誤，這塊癬疾是需要趕緊去除掉的。可能啓動CBD項目不一定會給海川市帶來太大的經濟利益，可是政治利益卻不少，起碼在短時間內會消除市民們因爲汽車城項目爛尾所產生的意見。這大概就是徐正一定要選擇這個項目的原因吧。

張琳心中也沒有什麼好辦法可以替代這個CBD項目，他能理解徐正這麼做的理由，便不再堅決反對下去了，便說：「老徐啊，既然你堅持，那就跟客商繼續談判吧，不過儘量爭取不要拆除那兩棟樓，畢竟那是新建不久的，拆了實在令人心痛。」

徐正笑說：「張書記，這些年城市建設拆除了多少建築啊，真要心痛，你會痛不過來的。」

張琳想想也是，便沒再說些什麼了。兩人算是暫時達成了一致，可是他們心裏都明白，他們融洽相處的蜜月期是結束了。

於是海川市政府和鴻途集團就展開了談判，錢兵堅持要拆除那兩棟新建的樓房，說不拆除的話，能建設的範圍太小了，無法達成他預想的目標。

最終海川市政府妥協了，他們答應鴻途集團拆除這兩棟樓，而鴻途集團則承諾會在未來的CBD當中，建設相同面積的兩棟樓房作爲這兩棟樓拆除後的補償。雙方達成了合作協議。

合作協議達成之後，很快，這個CBD項目就被宣傳成海川市招商引資的一項新的功績，海川市政府對相關有功人員進行了表揚，其中羅雨最爲突出，徐正在表揚大會上高度評價了羅雨所做的工作，認爲他對海川市政府能夠引進鴻途集團功不可沒。

銀行的地區總部和海川市行政事務管理中心先後被夷爲平地。

在市政府的支持下，鴻途集團在海川市辦起事來順風順水，很快，相關的各種證照，在海川市政府特事特辦的指示下，以驚人的速度辦了出來。鴻途集團開始進行招標事宜，準備開工建設。

丁益聽聞風聲，便打電話給已經回北京的傅華，詢問鴻途集團的情況。

傅華是見證過鴻途集團實力的，因此就將自己在西江省所見到的情況跟丁益講，丁益聽完，說：「既然這樣有實力，那我們公司肯定也要參與一下，不然，這麼大的項目沒我們天和，豈不是很遺憾。」

傅華笑說：「行啊，那個鴻途集團的錢兵錢先生是一個雄心勃勃的人，像你們這樣有實力的公司加入，他會求之不得的。」

鴻途集團ＣＢＤ項目的確定，讓徐正在海川市的聲望基本得以恢復，他覺得可以騰出手來收拾一下那些不聽話的人啦。

其中他最想收拾的自然是傅華了。現在羅雨成功的將ＣＢＤ項目引進海川市，說明其才能已足以替代傅華，讓傅華離開駐京辦，絲毫不會影響駐京辦的工作了。

雖然眼下傅華並無什麼過錯，可是徐正等不及他犯錯了，他覺得，傅華只要還擔任駐京辦主任，對他來說就是一個莫大的諷刺，他容不得這種情況繼續下去。

很快，徐正就想出了一個絕妙的主意，這個主意只要張琳予以配合，相信傅華就算不肯，也不得不離開駐京辦了。

於是，在書記會上，徐正跟張琳說起了市裏面的招商工作：「張書記，您覺沒覺得我們市裏的招商工作，除了駐京辦一枝獨秀之外，其他部分真是乏善可陳啊。」

張琳聽了說：「倒也是，這兩年除了駐京辦引進了幾個大項目，招商局引進的企業似乎都只是小打小鬧，這你要跟招商局王尹局長說說了，這樣下去可不行啊。現在全國上下都在招商，我們的招商工作老沒有起色，對我們市的發展是很不利的。」

徐正說：「招商局這個問題，我正想跟張書記好好談一談，現在的狀況是說說根本沒什麼作用了，去年我就說過王尹同志了，可還是絲毫沒有起色。我覺得王尹局長幹了這麼多年招商，年紀似乎有些大了，開拓性不足，思路也跟不上這個時代，是不是可以給他換個位置了？」

張琳想了想，覺得王尹確實是守成有餘，開拓性不足的這麼一個幹部，再把他放在招商局的確有些不合適，便說：「老徐啊，那你打算如何調整王尹同志的工作呢？」

徐正說：「王尹同志是一個認真負責的幹部，可以調到一些不需要像招商局這麼有挑戰性的部門去任職，這個就需要張書記您定奪了。」

張琳說：「這個我考慮考慮，只是王尹同志改任別的職務，招商局長這個位置，你心目中可有人選？」

徐正笑笑說：「這個位置需要一個年輕有思路、有開拓性、有能力、又有奉獻精神的同志來擔任，我把全市的幹部在心中過了一遍，倒是找到了一個不二的人選。」

張琳看了看徐正，好奇的問道：「誰啊，誰能得到老徐你這麼高的評價？」

徐正說：「這不用我說了吧，我們市裏面，現在招商工作做得最好的是哪個人啊？」

張琳愣了一下，說：「你是說駐京辦的傅華同志？」

徐正點了點頭，說：「對啊，傅華同志年輕有思路，有開拓性、有能力，又有奉獻精神，張書記，您想想，還有比傅華同志更適合這個位置的人嗎？」

張琳一下子就明白了，徐正這是黃鼠狼給雞拜年，不安好心啊。雖然傅華確實很適合招商局長這個位置，也相信如果把傅華放到招商局，他能發揮更大的作用，但是徐正提出這個建議根本是用心險惡，他明明對傅華一肚子意見，卻給傅華這麼高的評價，實際上是想要將傅華逼走。

傅華現在已經把家安在了北京，張琳也見識過他岳父趙凱在北京的局面，如果把他調回海川，無論從哪一方面講，他都很難接受，那時候只能有一種結果，就是辭職離開。

張琳是不想看到這種情況發生的，心中也對徐正這種不能容人的做法十分反感，如果換到張琳剛接任市委書記的時候，也許為了配合徐正，他會考慮將傅華調離，但是目前的形式不同了，張琳已經看出對徐正這個人一味地配合是不行的，這樣子會縱容他，認爲自己這個市委書記是可有可無的，這種狀況不能再任其發展下去了。

張琳便笑了笑說：「老徐啊，你再想想還有沒有別的同志合適吧？」

張琳話說得很婉轉，他讓徐正再想想別的人選，是不想直接拒絕，讓徐正難堪。

徐正看了看張琳，說：「我再三想過了，只有傅華同志是最合適的，張書記認爲傅華同志不能勝任嗎？」

張琳說：「勝任倒是能勝任，不過調傅華回海川不合適，我認爲他在北京能發揮更大的作用。」

徐正笑笑說：「看來張書記是擔心影響了駐京辦的工作啊，不會的，現在駐京辦的副主任羅雨已經成長起來了，足可以把駐京辦的工作擔負起來。再說，讓傅華同志擔任招商局長，是給他一個更廣闊的舞臺，他在北京的人脈關係並不會沒用，我想反而會更有助於他的工作的。」

這時，秦屯在一旁插話說：「張書記，我也覺得傅華同志確實很適合招商局局長這個位置。」

秦屯雖然和徐正不合，可是在對待傅華的態度上，他跟徐正是一致的，他對傅華也想除之而後快，因此在一旁幫腔。

徐正看了一眼秦屯，秦屯這個幫腔來得很是時候，這讓他意識到，雖然以前兩人明爭暗鬥過，但是現在這個傢伙卻是一個可以聯合的對象，是一個可以對抗張琳的勢力。

徐正笑說：「張書記，您看，秦屯同志跟我的意見是一致的。」

張琳看了看兩人，說：「傅華同志是一個人才，這是我們大家都公認的，可能你們都覺得他出任招商局長比較合適，可是你們忽略了一點，傅華同志的家已經安在了北京，他的妻子也是當地人，如果你們非要將傅華同志調回來，他爲了家庭著想，一定會辭職離開海川的。爲了留住這個人才，我不會同意這麼做的。老徐啊，如果你想不出別的人選，王尹同志還是繼續擔任他的局長吧。」

話還是說得很婉轉，可是張琳已經點明了徐正和秦屯二人的險惡用心。

徐正見張琳已經看透了這一點，不好再堅持，便笑笑說：「是啊，張書記說的對，我有點忽略了傅華同志現在的家庭狀況了。」

秦屯見徐正退縮了，就更沒有必要去跟張琳爭什麼了，也說道：「對對，我們也應該多爲傅華同志考慮一下。」

書記會散了之後，徐正回到自己的辦公室，他想要換掉傅華卻功虧一簣，讓他心裏很不舒服，看來這個張琳跟傅華已經走到了一起，因此才會這麼維護傅華。

事情不能就這麼罷休，還是要找一個什麼理由將傅華換掉，現在張琳這麼維護傅華，點明了調離傅華實際上是在逼傅華辭職，徐正就不能再用這種所謂捧殺的招數來對付傅華了。

徐正想了半天，也許只有傅華出錯才能將他趕走。可是一時也抓不到傅華什麼錯處，這時他想到了羅雨。傅華遠在北京，只有他身邊的人才能知道他詳細的情況，而這個羅雨是一個再合適不過的探子人選。

徐正給羅雨撥了電話，羅雨接了電話說：「徐市長，有什麼指示嗎？」

徐正說：「小羅啊，鴻途集團這一戰你打得漂亮啊，我都爲你驕傲。」

羅雨激動地說：「謝謝徐市長對我的鼓勵。」

徐正笑笑說：「應該的，你做出成績來了嘛。我跟你說，這一次證實了你的能力，我認爲你應該得到提升以資鼓勵，於是就私下向張書記建議，把傅華同志調回海川，由你接任駐京辦主任。」

羅雨聽到這裏，越發激動，說：「感謝徐市長的提攜，我一定努力工作，不辜負您對我的期望。」

徐正說：「你先別急著感謝，我的話還沒說完。我是向張書記建議了，可是張書記並沒有同意。」

羅雨的心一下子從興奮的頂峰跌落到谷底，他有些沮喪的問道：「爲什麼啊徐市長？張書記對我個人有意見？」

徐正說：「不是，張書記對你個人是沒什麼意見的，他說，這次鴻途集團被引進到海川來，傅華才是功不可沒的，說你只是做了一些輔助的工作，還不能證明你具備領軍駐京辦的能力。」

羅雨有些急了，說：「張書記怎麼會這麼認爲呢？明明是我把鴻途集團領回海川的，怎麼到頭來卻變成主要功勞是傅華的了？」

徐正故意說：「我也是這麼爲你爭辯的，我說這件事情前前後後都是羅雨同志在做，傅華同志只是因爲是駐京辦的主任，才會參與其中，主要功勞應該是羅雨同志的。可是也不知道傅華是怎麼跟張書記彙報的，反正不論我怎麼幫你解釋，張書記就是堅持認爲功勞是傅華的，弄得最後我也沒辦法了。」

羅雨知道傅華曾被張琳叫去辦公室，看來傅華肯定是趁機在張琳面前大大的表功了一番，才會讓張琳有了先入爲主的印象，因而認爲功勞不是自己的。

羅雨心中十分的懊悔，當初不該出於謹慎，非要將傅華拉進來，如果直接將錢兵領回海川，就不會發生現在這樣子的局面了。

另一方面，羅雨對傅華更加憤怒，這傢伙原來是這樣一個人，有功勞就往身上攬，讓自己大好的升遷機會就這樣失去了。這傅華真不是個東西。

羅雨嘆了口氣，說：「唉！張書記怎麼就這麼信任傅華呢？」

徐正煽動說：「小羅啊，不是我說你，工作不是你這麼做的，不能蒙著頭幹，要學著會幹，而且要幹在重點上。你看人家傅華，輕輕鬆鬆就把這麼大的功勞說成自己的啦，我是知道你這個人的，替你很不值啊。」

羅雨懊惱地說：「我哪知道傅華是這樣一個人呢。」

徐正又說：「你的事情，我還會幫你留意的，不過，只要傅華還在駐京辦主任的位置上，這件事情就不是太好辦。這一點上，你要多跟傅華學習，看人家是怎麼去貼近主要領導的。你也不是小孩子了，遇事要多動動腦筋，想一想人家會怎麼做，知道嗎？」

羅雨說：「我知道了，徐市長。」

徐正說完就掛了電話，這一邊的羅雨恨不得把手機給摔了，傅華這個混蛋，前幾天還一再稱讚自己，轉過頭來就把一切功勞攬到自己頭上，真是看不出來這人陰一面陽一面的。

高月這時推門走了進來，看到羅雨臉色陰沉，關切地問道：「羅雨，你怎麼了，臉色這麼差，是不是病了？」

羅雨強笑了一下，說：「我沒事。」

羅雨知道這件事說給高月聽也沒用，高月肯定不會相信傅華是一個兩面三刀的人，他說了只會跟高月生一場氣，索性壓在心裏，提都不跟高月提。

高月不相信地說：「不對，你的臉色差得很，肯定是病了。」說著，伸手摸了摸羅雨的額頭，跟自己額頭的溫度比了一下，說：「沒燒啊，怎麼回事啊？」

羅雨的情緒多少緩和了一點，心裏爲高月的體貼十分感動，不管怎麼說，高月對他是真心實意的。他伸手抓住了高月的手貼在自己臉上，說：「月，還是你對我好。」

高月看了看羅雨，手往外抽了抽，說：「好啦，這是辦公場合，被別人看到了不好。」

羅雨笑笑說：「你是我女朋友，看到了他們也不能說什麼的。」

高月不再往外抽手，只是看著羅雨的臉，不放心的問道：「你沒感覺什麼地方不舒服嗎？」

羅雨心說：我是心裏不舒服，可是不能告訴你，便搖了搖頭說：「沒有哇，可能昨晚睡得很晚，沒休息好吧。」

高月聽了說：「哦，是這樣啊，那今晚可要早點休息，身體是最重要的，知道嗎？」

羅雨笑了笑，說：「好啦，我知道了。」

這邊羅雨恨得傅華牙癢癢的，傅華對這一切卻渾然不知，海川汽車城項目被解決掉了，對他來說是去掉了一個大包袱，因此心情愉快。

就在這時候，他接到了蘇南的電話。

蘇南在電話裏問道：「在忙什麼？」

傅華心說這傢伙總算又露面了，回說：「在辦公室呢，沒什麼事情。」

蘇南說：「我過去坐一下不妨礙吧？」

傅華笑笑說：「你蘇董要來，我怎麼會不歡迎啊？」

蘇南說：「那你等著我啊。」

過了一會兒，蘇南就到了傅華的辦公室。

傅華打量了蘇南一會兒，感覺蘇南略有清減，神色之間還是帶著那麼幾分沮喪。

蘇南笑說：「你這麼看我幹什麼？幾天沒見就不認識我了嗎？」

傅華說：「蘇董啊，勝敗乃兵家常事，不需要太放在心上的。」

蘇南不解地說：「傅華，你這麼說什麼意思啊？你是說我還沒有走出新機場投標案失敗的陰影嗎？」

傅華笑了，說：「你說呢？」

蘇南搖搖頭說：「我承認競標失敗對我的打擊很大，我不明白我什麼地方沒做好，但是我並不是那種受了打擊就一蹶不振的人，那件事情已經過去了，我早就不放在心上了。」

傅華看了看蘇南，便說：「那就好。」

蘇南說：「怎麼，不相信我啊？」

傅華說：「我不是不相信你，可是我看你臉上帶有一股鬱鬱之氣，似乎還是有些不開心的樣子。」

蘇南笑說：「不是因爲競標的事情，那是因爲早上我在公司遇到了一個沒想到會遇到的人，心中十分的憋氣，因此才想到你這兒坐一坐，聊一聊。」

傅華聽了，問說：「怎麼了，什麼人竟然敢給我們蘇董氣受啊？你的仇人？」

蘇南搖了搖頭，說：「你猜不出來的。」

傅華說：「說來聽聽嘛，我真還很好奇，什麼人能夠讓你生氣。」

確實，蘇南是一個涵養很好的人，一般喜怒不形於色的，能惹得他十分懋悶的人，肯定不會是一個簡單的角色。

蘇南淡淡地說：「這個人曾經是我的偶像，讓我佩服得五體投地，只是沒想到他現在會變成這個樣子。」

傅華問說：「怎麼回事啊？」

蘇南回憶說：「這個人是我大學裏的學長，在學校是風雲人物，是我們學校哲學社的社長。他最迷尼采，每每談起尼采來神采奕奕。可是這樣一個思想睿智的人，今天竟跑到我的辦公室來向我募捐，說要我出錢贊助他辦一場什麼大型晚會。」

傅華笑說：「這有什麼啊，你的偶像也得吃飯，要你贊助他一點也很正常啊。難道你這就看不起人家了嗎？」

蘇南笑了笑說：「我還沒那麼淺薄，我也知道人踏上社會，首先要面對的就是生存問題，他為了生計做一些改變，我也是能接受的。可是你不知道他現在變成了什麼樣子，那種猥瑣勁我就不說了。我問他這些年都在忙什麼，還在研究尼采嗎？那傢伙說，他早忘了尼采是什麼了，他現在主要在文藝圈混，或是搞搞劇組拍拍電視劇什麼的，很賺錢的。」

傅華說：「這不過是人家的謀生手段，你有什麼好嫌棄人家的。」

蘇南感慨說：「如果這麼簡單就好了，你知道接下來他跟我說什麼，他說如果我能贊助他們晚會十萬塊錢，他可以安排晚會中一個有名的女歌手陪我一晚，還跟我說，那個女歌手要多美就有多美，保證讓我滿意。傅華你說，我是那種看上去好色的人嗎？」

傅華大概有些明白這個蘇南曾經的偶像是個什麼樣的角色了，這樣的人遊走於社會的縫隙之間討生活，難免做出讓蘇南難以接受的齷齪事。

傅華笑說：「別生氣了蘇董，你不是好色的人，可是你的學長需要用女色來達到募捐的目的。」

蘇南搖搖頭說：「我不是在乎這個，我在乎的是，我心目中曾經崇高得不能再崇高的人，現在竟變得俗不可耐，我覺得心裏堵得慌。」

傅華勸慰說：「你之所以感到難受，是因爲你把你的理想寄託在他的身上，你認爲你做不到的事情他能幫你做到，最終卻發現大家其實都是凡人，你做不到的，他也做不到，因此才會深深的失望。」

蘇南笑了，說：「你說的有道理，我是對他有些苛責了。不過，他也沒吃虧，我寫了張十萬的支票給他，但告訴他，不要再出現在我面前了。」

傅華笑說：「我相信他會愉快的拿著支票走掉，然後在心裏罵你傻瓜的。」

蘇南好奇地說：「你怎麼知道他是愉快的離開的？」

傅華說：「他的目的就是要錢，錢拿到了，他當然高興了。至於你讓他不要再出現，在他來說根本就不是什麼羞辱，他爲了要錢都可以安排女人陪你睡覺了，你這一點點羞辱又算什麼？臉面只有對你這種還在謹守道德原則的人才是不得了的事，對他這種本身就不想要臉的人，根本就沒什麼的。」

蘇南悵然地說：「是啊，他根本不在乎臉面，也許真的像你說的，他現在在罵我傻瓜呢。算了，這也算是我跟過往的一次徹底告別吧。」

蘇南雖然是這麼說，可是傅華卻能聽出他語氣中的那種失落，這跟當初剛認識他時的那種意氣風發真是不可同日而語，看來他並沒有完全從競標失敗的陰影中走出來。

傅華說：「蘇董啊，你這一次競標失敗，損失很大吧？」

蘇南笑說：「損失是有的，不過還在可承受的範圍之內，只是沒想到會敗在劉康的手裏，後來我調查了一下，才明白其實一開始我幾乎就注定會失敗了。」

傅華愣了一下，說：「蘇董認識劉康？」

蘇南看了一眼傅華，說：「這麼說，你也知道劉康了？」

傅華笑說：「我跟劉康打交道比跟蘇董打交道要早，不過知道這個名字，卻是最近一段時間的事。」

蘇南問：「爲什麼這麼說？」

傅華說：「當初我剛到北京不久，出了一點事情，是劉康手下的人幫我擺平的，後來我又介紹了劉康的乾女兒吳雯回海川投資。」

蘇南驚訝地說：「你也認識吳雯？呵呵，這就對上了。我以爲自己打你們海川新機場的主意是最早的，其實不然，劉康比我還早動腦筋，他早就派這個乾女兒吳雯回海川進行佈局了。」

其實蘇南並不清楚的是，吳雯是先回到海川，後來劉康知道海川在申請新機場立項，這才順勢安排吳雯進行佈局的。

蘇南接著說：「從一開始我就在明處，劉康在暗處，我還以爲自己先跟徐正攀上了關係呢，誰知道劉康利用吳雯跟徐正的曖昧，更早跟徐正攀上了關係。」

徐正跟吳雯的緋聞早就在海川傳得沸沸揚揚了，傅華也聽海川的朋友跟自己說過，但他並不相信，吳雯當初離開北京仙境夜總會，已經明確表明不會再走老路了，傅華相信她肯定不會再利用男女之間的關係做牟利的事情了；更何況海川是她的家鄉，她更不能在家人的面前做這種醜事。

傅華笑笑說：「蘇董可能沒調查清楚，吳雯這個人我是瞭解的，她是不會跟徐正搞曖昧的。」

蘇南看了看傅華，問說：「傅華，你是怎麼跟這個吳雯認識的？」

傅華心虛的看了一眼蘇南，他很懷疑蘇南已經查到了吳雯的來歷，如果讓他知道吳雯曾經是仙境夜總會的小姐，更是聲噪京城的花魁，那他對自己是怎麼一個看法啊？

傅華鎮靜了一下，說：「一個朋友介紹給我認識的，挺仗義的一個女人。」

蘇南笑笑說：「還挺漂亮的吧？是不是你當初追求過人家？」

傅華連忙搖搖頭，說：「這可沒有，我們只是朋友關係。」

蘇南笑說：「那你知道她在北京時，是做什麼的？」

傅華搖了搖頭，他不敢承認他知道吳雯曾是夜總會的小姐，說：「我不是很清楚，朋友介紹來的時候，只說她是在北京發展的海川人，想要回海川投資，讓我給她引引路，就是這樣。」

蘇南有些失望的說：「你也不知道她的來歷啊，我托朋友在北京仔細調查，就是沒人能夠查到這個吳雯在北京做過什麼，就好像憑空冒出這麼一個人似的。」

傅華鬆了一口氣，心裏暗自好笑，你能查到才怪呢，吳雯這個名字在北京根本就沒用過。

他笑了笑說：「這很正常啊，北京這麼大，一千多萬人口，這就好比大海撈針一樣，你朋友找不到是正常的。」

蘇南笑笑說：「反正這個女人來路感覺十分蹊蹺。」

傅華說：「你查不到就不要亂說，人家是一個正經的女人，教你這麼一說，好像成了什麼壞人了。」

吳雯曾幫過傅華很大的忙，傅華拿她當做自己的朋友，因此對蘇南這麼說覺得很刺耳。

蘇南聽了，不禁笑說：「傅華，看來你對這個吳雯很有好感嘛，你弄錯了，她根本就不是什麼正經女人。咦，你向來看人很準的啊，怎麼這一回看走眼了呢？是不是你真的對她有什麼想法啊？」

傅華急說：「蘇董，你可別胡說，她是我一個很好的朋友，我不允許你這麼沒有根據的糟蹋她。」

蘇南笑說：「我不是沒根據亂說的，我查到徐正現在跟吳雯姘居在一起了，你還能說你的朋友是一個正經的人嗎？」

傅華驚叫了一聲：「不可能！絕對不可能的，吳雯怎麼會跟徐正姘居呢？」

蘇南看了看傅華，說：「看來你還真是不知道這件事情，你被你朋友的表面欺騙了。在我競標之前，我不知道徐正和吳雯究竟有沒有在一起，但是在我競標之後，我敢肯定他們已經在一起了，我甚至查到了他們同居的地方，他們在海川近郊的一個社區買了房子，隔三差五，徐正就會出現在那兒，雖然我的手下並沒有拍到他們在房間內做什麼，可是他們絕對不會是去喝茶聊天的吧？」

傅華有些呆住了，他從來沒把徐正和吳雯往一塊想過，可是蘇南現在說已經找到了他們在一起的證據，蘇南向來不會說無根據的話的，看來吳雯真是重作馮婦了。

傅華心中有一種被褻瀆了的感覺，吳雯在他心目中，始終是當初剛在飛機上相識時的那種驚爲天人的感覺，她以前的職業絲毫不影響傅華對她的觀感，他認爲以前吳雯做那種事，只是被生活所迫，是一種無奈的選擇。但現在吳雯已經有足夠的經濟能力了，她再跟徐正姘居，就有一種甘心做賊的味道了。

蘇南見傅華好半天不說話，伸手拍了拍他的肩膀，笑笑說：「我知道你可能一時無法接受，可是這社會就是這樣，大多時候，你是知人知面不知心的。」

傅華苦笑了一下，說：「也許吧，不過，你這個消息還真是令我吃了一驚。」

蘇南說：「我想你還是挺在意吳雯的吧？我很少看到你在我面前這麼失態過。」

傅華說：「都跟你說了只是朋友，她幫過我很大的忙，我當然會關心她多一點。對了，你調查這些打算幹什麼？」

蘇南解釋說：「其實我之所以起意調查徐正，完全是因爲競標失敗，你還記得嗎？我當初在你面前可是志得意滿，似乎那新機場項目就是我囊中物一樣。你知道爲什麼我有這麼大的把握嗎？」

傅華想了想說：「具體內容我不清楚，可是我猜測你開給了徐正一個他無法拒絕的條件。」

蘇南點點頭說：「我這個人做事之前往往會多方考慮，競標新機場項目也是一樣，各方面都做了安排，以確保事情萬無一失。現在競標已經失敗，我也不怕把我做了什麼說給你聽。」

蘇南就跟傅華講了整件事情的來龍去脈，包括他找陶文打招呼、送徐正書法冊，然後答應給徐正得標金額百分之三作爲仲介費的經過。

傅華再次驚道：「百分之三，這是多少錢啊？」

蘇南笑說：「你別驚訝了，這是行規。通常我們會給幫忙介紹業務的單位和個人百分之三的仲介費，這幾乎是基本行規，就算是那些國有大型企業，他們爲了招攬項目也是要付出相應的代價，不然的話，他們也是無法得標的。」

傅華說：「我不明白，既然你給了徐正這麼優厚的條件，他竟還讓你落敗？」

蘇南笑笑說：「是啊，我也想不明白，不過，當時我雖然有些生氣，可是也自愧技不如人，想忍下這口氣算了。可是你們這位徐大市長可真是囂張，讓我落敗不說，還故意來羞辱我，非要把我送他的禮物和合同退回來，又訓了我一頓。我蘇南是什麼人，什麼時候受過這個？劉康不論是公司實力和競標的方案明顯都不是我們振東集團的對手，他這樣子都能得標，明顯是跟徐正之間有貓膩。所以我就找了一個做私家偵探的朋友，讓他去海川一定要給我摸清徐正和劉康之間究竟是達成了什麼交易，就發現了吳雯和劉康之間的關係以及徐正和吳雯姘居的事實。徐正根本就沒想到私下有一雙眼睛死死的盯著他呢，因此很快就被我朋友找到了他們姘居的地方。」

傅華看看蘇南，說：「既然你已經知道這個情況了，你打算怎麼運用這個情報？」

蘇南搖了搖頭說：「我不是想用它來打倒徐正，我只是想弄清楚人家究竟做了什麼能擊敗我。我現在弄清楚了，心裏也不得不佩服劉康，我是怎麼也做不出送給徐正一個情人這樣的事情的。」

傅華笑說：「你那是君子有所爲有所不爲，你可以送給徐正百分之三的仲介費，是因爲這部分你可以在利潤當中少賺一點；可是送一個活人給對方，你就會覺得齷齪了。」

蘇南苦笑了一下，說：「說穿了，我們做的事性質都差不多，都是行賄而已。但我就是無法像劉康那樣做，這件事情，讓我開始思索上次我們在射擊場那兒你跟我說的話，思索我們振東集團未來該往什麼方向發展？我還要爲了這點蠅頭小利成天跟一些主事者私下行賄嗎？我想你說得對，我應該趁著振東集團還有一定實力的時候趁早轉型，爲我們集團尋找一條能夠持續發展的道路。」

傅華笑笑說：「其實我倒覺得你這次失敗未嘗不是一件好事，行賄這種方式是難以持久的，就算這一次成功，可是留下的後患卻是無窮的，將來難保會出什麼事情，到那個時候，怕牽連的就不僅僅是金錢了。」

蘇南同意說：「是啊，我現在也是這麼認爲的。」

傅華又說：「那你打算做什麼？」

「我想把集團的部分實業出售，向資本運作方向發展。我一個好友剛從美國回來，跟我詳談了一次，他跟我說，資本運作是未來的發展方向，現在中國的資本市場風起雲湧，投資機會不斷湧現，利用錢來生錢，幾乎是一種必然的趨勢。加上他有這方面的專業知識，我有資金，正好可以合作大幹一把。」蘇南說。

傅華聽了，說：「這是好事啊，那我就先恭喜蘇董將來發財了。」

兩人就這麼聊到了中午，吃了午飯之後，蘇南已經傾訴的差不多了，心情愉快的離開了。

歲月匆匆，又過去了一個禮拜，在辦公室的傅華接到了丁益的電話。

丁益在電話裏詢問傅華，鴻途集團究竟實力如何？傅華愣了一下，說：「確實很不錯啊，我親眼看到過他們的工地，而且西江省的官員們也當面向我證實過，鴻途集團是一家優質的公司啊，怎麼了？」

丁益說：「我總覺得有點不太對勁，既然他們那麼有實力，怎麼還要求工程商墊資進場，參與投標還需要繳納高額的投標保證金，這不像是一家有實力的公司會做的事啊。」

傅華說：「應該沒問題吧，西江省的官員們在我面前口口聲聲都說鴻途集團的好話，這可是做不得假的。」

丁益半信半疑地說：「真的嗎？」

傅華說：「當然是真的了，我會騙你嗎？」

丁益說：「你看人向來是很準的，既然你這麼說，我就相信他一回吧。」

丁益便掛了電話。

第五章

暗戀桃花源

《暗戀桃花源》實際上是一齣悲劇《暗戀》和一齣喜劇《桃花源》的混合，
據說靈感來自導演賴聲川有一次看朋友排戲。
當時現場的混亂正好給了他這個靈感，
形成了這部經典的《暗戀桃花源》。

傅華坐在那裏想了一會兒，越想越覺得不對勁，怎麼一個號稱要投資四十八億的集團，卻要工程商墊資，還收什麼高額的投標保證金，這似乎在表明投資商的資金並不充裕。

傅華開始感到不安起來，原本因爲錢兵在自己面前表現得實在是很完美，讓傅華忽略了很多問題，現在一一想來，便覺得錢兵的行徑其實不無可疑之處。

一個動輒號稱要投資幾十億人民幣的公司，怎麼會名不見經傳？接連投資兩個大型項目，加起來近八十億的規模，動用這麼大的資金，而錢兵作出決策卻好像很輕率，很短的時間就跟海川市達成了合作協議，這有點不像一個大企業家會做的事情。

再是錢兵說起CBD好像如數家珍，似乎熟到不能再熟，那他就應該明白CBD項目是一個很長期的投資，短時間是很難見到效益的，那他就不應該在資金鏈緊張的時候還要投下這麼大一筆資金。除非CBD只是他用來做噱頭的工具，實際上他並不是想要投資，而是借這個噱頭來騙錢。

如果是這樣，鴻途集團要工程商墊資進場。以及收取高額的投標保證金，就能得到合理的解釋了。同樣，如果鴻途集團在海川是這樣，那在西江省估計也是這樣做的，那個轟轟烈烈正在進行建設的工地，可能也是工程商墊資在開發的……

想到這裏，傅華的冷汗流了下來。他坐不住了，把羅雨叫到了自己的辦公室。

羅雨坐下後，傅華問道：「小羅啊，我一直忘了問你，你當初是怎麼跟鴻途集團的錢兵聯繫上的？」

羅雨看了傅華一眼，心說，功勞都被你搶走了，這時候你再來問我這個，還有意思嗎？羅雨強壓著自己對傅華的厭惡，說：「傅主任，你爲什麼突然提起這件事情來了？」

傅華說：「今天丁益打電話來，說了一些他對鴻途集團的懷疑，我心裏覺得這個錢兵有些可疑，就想找你來問一問情況。」

羅雨心裏咯登一下，傅華這時候說對錢兵有所懷疑，是不是發現了什麼？

羅雨明白自己的榮辱、前途實際上已經跟鴻途集團綁到了一起，便硬著頭皮說：「哦，是這樣啊。當初我認識錢兵，說來很巧，原來在西江省羅清市駐京辦一個叫王洪的人是我朋友，他現在是羅清市招商局局長，前些日子來北京想要找錢兵去羅清市投資，他來找我敘舊，聊天時說起了錢兵。當時他還很神秘，不想讓我知道錢兵的住處，我就通過酒店的朋友找到了他。怎麼，有什麼問題嗎？」

傅華聽完，心想，這麼說起碼不是錢兵自己找上門來的，按說應該沒什麼問題。

傅華笑笑說：「沒有啦，只是照丁益講的情況，似乎鴻途集團的資金十分緊張，還要工程商墊資什麼的，有點不太像要投資四十八億的集團公司所爲。」

抓到什麼真憑實據。

羅雨聽傅華這麼說，心裏稍稍放鬆了一點，這說明傅華現在只是起了疑心，並沒有

羅雨笑了笑，說：「傅主任，我覺得你是太多心啦，現在的公司，很多都是現金很緊張的，你別忘了，鴻途集團在西江省還有一個大項目，那個項目運作的比我們更早，他們出現短暫的資金緊張也是很正常啊。」

傅華想想也是，現在很多公司流動資金都是捉襟見肘的，自己單憑這個就懷疑鴻途集團，似乎有點草木皆兵了。

不過，傅華卻也沒有因此就完全相信錢兵，他說：「可是，我現在慢慢覺得這個錢兵並不是那麼可信，似乎他決策做海川這個CBD有點太草率了，不像一個真正的大企業家。」

羅雨心更定了一些，看來傅華也只是一些捕風捉影的懷疑而已，便笑笑說：

「傅主任啊，你是不是小心過了頭了，什麼樣的人才應該像一個大企業家？你能給我一個標準嗎？不能吧？一個人有一個人的做事風格，大企業家也是形形色色的，你憑什麼就能確定錢兵不是一個大企業家呢？我倒覺得他就應該是一個大企業家，你看他擁有那麼多錢，卻表現的十分低調，這不正是一個真正大企業家的風格嗎？」

羅雨接著說道：「再說，目前鴻途集團跟兩個地方政府都建立了很深的合作關係，

這兩個地方的政府會跟一個騙子建立這麼深的合作關係嗎？難道這兩個地方的政府官員們都是傻瓜嗎？」

傅華被說服了，他笑了笑說：「好啦，可能真的是我多疑了。」

羅雨看了傅華一眼，說：「你放心，傅主任，我不會領一個騙子回來的。」

傅華聽出了羅雨語氣中的不滿，便說：「小羅啊，我不是懷疑你什麼，只是正好丁益問起，所以我才想要跟你落實一下。」

羅雨說：「我沒事，落實清楚也是一件好事。」

傅華就讓羅雨出去了，想想還是有一點不放心，於是又打電話給丁益，丁益是基於他給的資訊才跟鴻途集團做生意，他不想因此誤導了丁益。

丁益接了電話，笑說：「傅哥，這麼一會兒你就又打來電話，是有什麼事情沒交代嗎？」

傅華笑笑說：「你跟我說的情況，我認真想了一下，這個鴻途集團不無可疑之處，你在處理跟他們之間業務的時候，還是小心點爲妙。」

丁益說：「怎麼了，有什麼地方不對勁嗎？」

傅華說：「我總覺得有點問題，可是又說不出來。」

丁益說：「好了，知道了，我注意些就是了。」

丁益就掛了電話。

突然有人敲門，傅華喊了一聲進來，門開了，傅華驚訝地站了起來，說：「你什麼時間回北京了？」

原來門口站的是吳雯，依舊還是那副令人驚豔的樣子，傅華心裏未免有些痛惜，她本來已經脫離了那種環境，爲什麼還要再度沉淪進去呢？

吳雯笑了笑，說：「你這裏建好之後，我還是第一次來，就想來看看，怎麼，不歡迎嗎？」

傅華立即說：「怎麼會不歡迎，我只是沒想到你會過來。這次回北京來做什麼啊？」

吳雯說：「我在海川待得有些悶，就想回到北京來散散心。誒，傅華，你這裏的環境還真是不錯啊。」

傅華說：「這還要感謝你當初幫我的忙啊，沒有你幫忙，根本就不會有海川大廈的。快請坐。」

吳雯坐到了傅華對面，笑說：「那都是過去好久的事情了，你還掛在心裏啊？」

傅華說：「我是永遠不會忘記的。」

吳雯表情複雜的看了看傅華，說：「傅華，只有你始終沒什麼改變。」

傅華笑說：「吳總啊，你不是也沒什麼改變嗎？還是那麼漂亮。」

吳雯看著傅華，說：「傅華，你真的認為我漂亮？」

傅華笑笑說：「你的漂亮，任何一個男人都是無法忽略的，這一點還用問嗎？」

吳雯說：「可是我怎麼覺得，我的漂亮對你沒有任何的吸引力呢？」

傅華笑了，說：「吳總，看你這話說的，怎麼會對我沒有任何吸引力呢？我不過是已經沒有資格欣賞了而已。」

吳雯表情認真的說：「傅華，你跟我說真心話，如果你現在還有資格，你會喜歡我嗎？」

傅華看了看吳雯，他感覺到那美麗的背後有著幾分迷茫、幾分無奈，他不知道這個美麗的女人怎麼了，也無法回答她的這個問題。他的眼神躲閃開了，說：「誒，吳總，你海川那麼一大堆事，怎麼走得開啊？」

看傅華顧左右而言他，吳雯苦笑了一下，說：「你是不是在嫌棄我的過去啊？不對啊，你當初對孫瑩不是挺好的嗎？」

傅華心說：孫瑩下海是爲了愛情，我不但不嫌棄她，甚至還有些敬佩她這種爲了愛情敢於犧牲一切的勁頭，可你呢，現在已經衣食無憂了，爲什麼還要做那種爲這個社會所不能接受的事？

不過傅華不想讓吳雯難堪，笑了笑說：「吳總啊，你的問題本身就是一種假設，而這種假設在現實中已經沒有了可能，我想我回答你也沒什麼意義的。」

吳雯嘆了一口氣說：「是啊，是沒什麼意義了，可是……」

這時，吳雯的手機響了起來，她拿出手機看了看號碼，然後接通了。

只見一接通，吳雯就叫嚷道：「告訴你我散散心過幾天就會回去了，你每天都打電話來，煩不煩啊？」

說完，吳雯沒等對方回答，直接就扣了手機。

傅華還是第一次見吳雯在自己面前表現得這麼粗暴，愣了一下，心中暗自猜測打電話來的人是誰。

掛了電話的吳雯粉面含嗔，還是惱怒不已的樣子，傅華倒了一杯水遞給她，說：「喝點水。」

吳雯喝了口水，情緒平復了下來，說：「出來散散心也不得清閒。」

傅華笑了笑，沒言語，他不知道該說些什麼。

吳雯似乎也煩躁的不想說話，兩人就這麼沉默的坐了一會兒。

吳雯忽然意識到了什麼，她看著傅華，問道：「誒，傅華，你似乎對我吼對方一點都不驚訝，你是不是知道了些什麼？」

傅華再次把眼神躲閃開了，說：「那是你私人的事情，我好奇幹什麼？」

吳雯冰雪聰明，馬上看出了傅華的不自然，說：「不對，我們總算是朋友吧？朋友心情不好，難道不應該關心一下嗎？」

傅華笑說：「好，那我關心一下，你這麼吼對方，究竟是出了什麼煩心事啊？」

吳雯凝視著傅華，說：「你連對方的姓名都不問，要不就是你根本就不關心我，要不就是你已經知道對方是誰了。」

傅華沒想到吳雯心思這麼細膩，一下子就看透了他，忙說：「你別瞎說了。好了，既然你嫌我沒問對方的姓名，那我現在問一下，對方是誰啊？」

吳雯苦笑了一下，說：「傅華，我現在心裏很苦悶，如果連你也在我面前虛言假套的演戲，那我真不知道這世界上我還有什麼朋友可以依靠的了。」

傅華見瞞不過去了，嘆了口氣，說：「吳總，你想要我說什麼啊？」

吳雯叫說：「你不要叫老叫我吳總，我可以叫你傅華，你為什麼就不能喊我的名字？你跟我說實話，你是不是已經知道了？」

傅華只好承認：「好，吳雯，老實跟你說，我確實已經知道了，只是我想了很久，還是不明白，你不是脫離原來的環境回鄉創業的嗎？為什麼要跟他在一起，金錢對你真有這麼重要嗎？」

吳雯的臉色一下子變得煞白，她雖然猜測傅華可能知道了點什麼，可是真正得到印證後還是讓她有些措手不及，她想此刻自己在傅華心中，一定是一個蕩婦的形象了，這是她最不願意看到的局面，她感覺自己在傅華面前已經完全被剝光，無地自容。

好半天，吳雯才緩了過來，她看著傅華說：「傅華，你不明白，很多時候，其實人都是情非得已的。」

傅華搖搖頭，說：「是，我是不明白，可能每個人心目中重要的東西各不相同吧。」

吳雯苦笑著說：「傅華，你是不是打心底看不起我？」

傅華說：「我沒有看不起你，你是我的朋友，你有你自己的處世之道……」

這時，吳雯的手機再次響了起來，打斷了傅華，吳雯看了看號碼，是劉康打來的，不敢不接，便嘆了口氣，接通了。

吳雯乾笑了一下，說：「乾爹啊，你找我有事嗎？」

劉康說：「小雯啊，你怎麼去北京也不跟我說一聲啊？」

吳雯解釋說：「我只是一時心情不好，想過來看看朋友，過幾天就回去了。」

劉康說：「是不是徐正惹你生氣了？」

吳雯冷冷地說：「沒有，是我自己心情不好。」

劉康說：「徐正剛才打電話來，說不知道什麼地方惹到你了，說你扣了他的電話，他讓我幫他跟你賠罪。你們倆究竟是怎麼回事啊？」

吳雯說：「沒事啦，這個徐正就是囉嗦，我才剛來他就打電話催我回去，我一時心煩，就扣了他的電話，沒什麼的。」

劉康聽了說：「原來是這樣啊，小雯啊，不是我說你，我們現在還需要徐正幫忙做很多事情，你就算厭煩他，也暫且忍耐一下吧。」

吳雯沒好氣的說：「好啦，我知道了。」

劉康說：「那你散散心就趕緊回來吧，我有事情要交代你做。」

吳雯說：「好，我很快就會回去了。」

劉康掛了電話。

傅華看著一臉無奈的吳雯，說：「我不知道你跟你這個乾爹之間究竟是什麼關係，可是我奉勸你小心一些，千萬不要被他當做棋子擺佈。」

吳雯說：「你不要這麼說，我乾爹對我很好的，沒有他，我是無法從仙境夜總會脫身的。」

傅華說：「吳雯哪，作爲一個朋友，我還是得提醒你，很多事情絕非你想像的那麼簡單。你知道我是怎麼知道你跟徐正在一起的嗎？」

吳雯搖搖頭，說：「不知道，這件事徐正做得很隱秘，每次去我那兒都是很小心的，你身在北京，怎麼會知道這件秘密了呢？」

傅華說：「要想人不知，除非己莫爲，這是我一個北京朋友因爲競標失敗，對徐正做了些調查發現的。」

吳雯愣了一下，說：「難道是蘇南？你們認識？」

傅華說：「是，你猜得沒錯。你知道蘇南發現這件事之後，說了什麼嗎？」

吳雯說：「他說什麼？」

傅華說：「他說沒想到你乾爹這麼老謀深算，竟然早就在海川布下了你這顆暗棋。」

吳雯搖了搖頭，說：「那是他不瞭解事件的來龍去脈，我去海川是在你們申請新機場項目之前的事情，那時候連項目的苗頭都沒有，我乾爹怎麼也不可能預先做這種佈置的。」

傅華說：「也許那個時候沒有，可是你敢說他知道海川市要申請新機場項目之後，他沒做什麼佈局嗎？」

吳雯愣住了，她一開始回海川創辦海雯置業，劉康雖然也多少參與意見，可基本上是一種放任不管的狀態，什麼都讓吳雯自己去做；可是後來，海川開始申請新機場項目之後，劉康就全面開始操控自己在海川的行動，什麼承包西嶺賓館、讓省人事廳的廳長拜託徐正照顧自己，又是捐款做公益，這些當初看上去似乎是照顧自己的行為，現在想來，一一都有為新機場項目佈局的味道。

特別是讓自己去跟徐正打交道這件事情，更好像是為了自己現在跟徐正在一起做鋪墊。

全海川市，只有傅華和劉康知道自己當初是做什麼的，劉康既然知道自己的出身，又知道自己的魅力一般男人是很難抵擋的，讓自己去跟徐正打交道，難保沒有讓自己去勾搭徐正的意思。

特別是最後徐正向劉康提出要得到自己的時候，如果劉康真的不想把自己送給徐正，那他根本就不會提出這件事來，而他提出來，又說得那麼可憐，根本上就是抓住了自己不可能對他坐視不管的心理。

想到這些，吳雯有一種不寒而慄的感覺，原來這一切都在劉康的算計當中，於是劉康平日那些噓寒問暖的話，對吳雯來說便少了關切，反而多了許多陰謀的味道。

傅華看吳雯發呆的樣子，知道她可能已經開始懷疑她乾爹了，便說道：「我不知道事情究竟是什麼樣子的，不過，站在朋友的立場上，我覺得你做事的時候要多想想，不要像一個木偶一樣完全聽別人擺佈。」

吳雯苦笑了一下，說：「傅華，我還真沒認真想過這些，現在想想還真是可怕。」

傅華說：「我想以後你要小心應對了，你乾爹的手段，我想你不是沒見識過，下面他會幹出什麼事情來誰也不知道，你要注意安全。」

吳雯搖了搖頭說：「不會的，我覺得他心中還是有我的位置的，他不會對我怎麼樣的。」

傅華說：「那你也要小心，關鍵是現在這裏面牽涉到了徐正，牽涉了更多的利益在裏面，身在局中的人怕是很難完全憑自己的意志行事的。」

吳雯說：「我會小心的。」

此時，吳雯這個集美麗與精明在一身的女人顯出了她的柔弱無助，傅華看在眼中也覺得楚楚可憐，他不由得想更多去幫助她。

他問道：「你這次來北京，是跟徐正發生衝突了？」

吳雯搖搖頭，說：「沒有啦，徐正現在很迷戀我，只要一有時間就跑到我那裏去。可是你不知道我對他是一種什麼心情，原本我以爲，我已經算是久經沙場了，應付他一點問題都沒有。可是，我現在已經不是在仙境夜總會的時候了，內心裏無法接受一個我不愛的男人一再玷污我的身體，我覺得不但他是骯髒的，連自己也是骯髒的。我實在有些受不了了，再不出來透透氣，我會瘋掉的。傅華，你說我這是不是有些莫名其妙啊？」

傅華說：「這不是你莫名其妙，而是你不甘心這麼做。」

吳雯嘆了口氣，說：「可能我就是這種命吧，本來想，離開仙境夜總會我就可以乾乾淨淨做人了，哪想到回了家鄉，還是要被這些臭男人們玩弄。」

傅華說：「有機會你還是早點想辦法脫身吧。」

吳雯說：「劉康說他在幫我辦移民，等他辦好了看看，不行的話，我到國外生活去吧。」

傅華聽了，說：「這倒是一個不錯的主意，反正你已經幫他拿下了項目，早點去國外，也算是能夠置身事外了。」

傅華隱約猜到徐正和劉康之間的交易可能遠不止送一個吳雯這麼簡單，蘇南已經把價碼出到了得標金額的百分之三，那劉康給徐正的價碼肯定不會太低了；而且以劉康做事的手法，誰也不知道後面會不會出什麼事情，他感覺還是應該早日讓吳雯脫離他的控制為妙。

本來這是傅華一番好意，想要提醒吳雯，沒想到因為他的這番提醒，事情竟朝著他難以控制的方向發展了。

中午，吳雯就在海川大廈和傅華一起吃了午飯。

午飯後，吳雯就要告辭離開，傅華看她一副悶悶不樂的樣子，便說道：「你別這個樣子了，去找找別的朋友，聊聊天玩一玩，心情就會好了。」

吳雯苦笑了一下，說：「我在北京其實只有你這一個真心朋友，我在仙境夜總會的姐妹，現在基本上都聯絡不到了，要不就是乾爹那邊的人。」

聽起來吳雯似乎是專門來找自己的，作爲朋友，雖然他不能去喜歡她，可是也不放心吳雯現在這種精神狀態，他覺得起碼要讓她心情開朗起來，便說：「那你晚上準備做什麼？」

吳雯說：「我還沒想過，回去悶著頭睡覺吧。」

傅華說：「這樣子哪行？晚上出來吧，別悶在家裏了，你來北京不是散心來了嗎？」

吳雯說：「出來幹什麼，也沒人陪我。」

傅華說：「我今晚有一個活動要參加，你跟我一起來吧。」

吳雯看了看傅華，說：「什麼活動啊，應酬喝酒之類的我可不幹。」

傅華說：「不是喝酒，有人請我去看話劇，大明星演的哦。」

吳雯笑說：「什麼啊，你會喜歡看話劇？」

傅華說：「你別看不起話劇，現在看話劇已經變成了一種時尚，而且這場劇是由著名影星文巧主演的，劇碼是著名導演賴聲川的《暗戀桃花源》，這是在國際上獲獎無數的好劇啊。」

吳雯笑笑說：「原來你這麼有文藝細胞啊。」

傅華笑了，說：「不是，這主要是捧我師兄的場，文巧是他的女朋友。」

吳雯說：「行啊，那晚上你來接我吧。」

晚上，在劇院裏，傅華領著吳雯到位置上，賈昊帶著一束百合花已經到了，看到傅華領著一個他不認識但很漂亮的女人，便看了傅華一眼，有些不高興的說：「趙婷怎麼沒來啊？」

原來賈昊是邀請他們夫妻一起來觀看的，沒想到傅華卻帶了一個很漂亮的女人來，因此有些責怪傅華胡亂招惹別的女人。

傅華知道賈昊在女人方面一直是很保守的，這兩年除了文巧，就沒見過賈昊把別的女人帶到朋友面前。賈昊跟文巧本來已論及婚嫁，可是賈昊的孩子跟文巧處不來，事情就這樣耽擱了下來。

傅華趕忙解釋說：「師兄，這是我海川市的老鄉，只是朋友，來北京玩的，我就帶她過來看看了。來，我給你介紹。」

傅華就爲兩人作了介紹。

坐定之後，燈光暗了下來，劇場裏安靜了下來。一會兒燈光亮起，舞臺上男主角江濱柳哼著歌，在文巧扮演的雲之凡後面來回走著。

傅華指著雲之凡，告訴吳雯，這就是賈昊的女朋友文巧，吳雯貼著傅華的耳邊說：「不愧是大明星，真的很漂亮。」

吳雯的講話讓賈昊感到了干擾，轉頭看了看吳雯，看得吳雯和傅華都有些不好意思，兩人就都不說話了。

《暗戀桃花源》實際上是一齣悲劇《暗戀》和一齣喜劇《桃花源》的混合，據說靈感來自導演賴聲川有一次看朋友排戲。下午彩排，晚上首演，可就在中間，還有兩個小時要給幼稚園舉行畢業典禮。舞臺上的彩排還沒有結束，小朋友們都來了，鋼琴、講桌啊，都急著要往舞臺上搬。

本來，賴聲川一直就在琢磨怎樣在舞臺上表達悲與喜，當時現場的混亂正好給了他這個靈感，兩齣並不完整的悲劇和喜劇就這樣湊在一起，形成了這部經典的《暗戀桃花源》。

正是因爲把完全不搭調的東西放到了一起，形成了這台劇的戲劇張力和喜劇效果。吳雯很快就被劇情吸引了，不時發出了會意的笑容。

一部優秀的戲劇是會讓人不注意時間的流逝的，不知不覺《暗戀桃花源》就演完了，吳雯意猶未盡的說：「傅華，我好久沒這麼開心了。」

傅華笑笑說：「那就好，我本來就想要你放鬆一下心情的。」

賈昊這時拿起了百合花，對傅華說：「我們去後臺看一下。」

傅華知道賈昊這是要對文巧演出成功表示祝賀，就和吳雯跟著賈昊一起去了後臺。

文巧正在後臺卸妝，看見賈昊和傅華進來了，笑著迎了過來，說：「怎麼樣，我演得還可以吧？」

賈昊大力稱讚說：「太棒了，沒想到你的話劇也演得這麼好。」

文巧笑笑說：「別瞎捧我，你的話我不太相信，不客觀。傅華，你說，我演得到底如何？」

傅華點了點頭，說：「真的很棒，你簡直把雲之凡演活了。」

文巧聽了，說：「你這麼說我就放心了，實話跟你們說，我在臺上緊張的心都提到嗓子眼了。」

傅華笑說：「你可是老演員了，怎麼還會緊張？」

文巧說：「你不懂的，演話劇和演電影是兩個概念，電影演不好可以重來，話劇可不行，必須一氣呵成，不由得人不緊張。誒，傅華，這誰啊？趙婷呢？」

傅華趕忙介紹了吳雯，說：「這是我一個朋友，吳雯。趙婷今晚在家沒來。」

吳雯立刻跟文巧握了握手，說：「文小姐，我看過你演的電影，今晚的劇你演得很好。」

文巧略顯冷淡的跟吳雯握了握手，說：「你好。」一邊用目光詢問傅華帶這麼一個女人來究竟是什麼意思。

傅華知道文巧跟賈昊一樣，都以爲自己跟吳雯有什麼曖昧的關係，這時，他才發現今晚帶吳雯來看劇有些冒失了，他光想到讓吳雯散心，卻沒顧忌到朋友的感受。

文巧卸完妝，一行人就一起去吃夜宵，吳雯看出了賈昊和文巧對自己的不友善，便在席間貌似不經意的說自己是來看望傅華，正好看到了傅華桌上《暗戀桃花源》的票，因爲喜歡文巧，這才央求傅華帶她來看演出的。

吳雯的解釋合情合理，表現也很得體，賈昊和文巧這才對她友善了些，不過桌上氣氛還是有些僵。

爲了緩和氣氛，傅華便問賈昊：「師兄啊，你打算什麼時候娶文小姐做我的嫂子啊？」

賈昊和文巧的臉立即沉了下來，文巧還轉頭看向了別處。

賈昊尷尬地說：「快了，快了。」

傅華明白自己問了不該問的問題，本來想要緩和氣氛，卻把氣氛弄得更僵了。這頓夜宵吃得很彆扭，草草就結束了。

傅華送吳雯回去，到了吳雯住處的樓下，吳雯下了車，對傅華說：「謝謝你了，我今晚真的很開心。」

傅華說：「你開心就好，自己保重了。」

吳雯點了點頭，看著傅華，想說些什麼卻又不知道該如何開口，最後什麼也沒說，轉身就走進了樓道裏。

吳雯出了電梯，到自家門前拿鑰匙開門，這時，安全通道那邊的門開了，一個人快步閃了進來，吳雯嚇得驚叫了一聲，鑰匙掉到了地上。

那人低頭將吳雯的鑰匙撿起來，遞給了吳雯，說：「吳總，是我，小田啊。」

吳雯這才定下神來，說：「是小田啊，你鬼鬼祟祟的幹什麼，嚇死我了。」

小田笑了笑，說：「劉董打電話來，讓我看看吳總你在北京做什麼？」

吳雯把門打開了，讓小田進了家，然後說：「乾爹這是想幹什麼？我不是跟他說了嗎，我在北京散幾天心就會回去海川的嗎？」

小田說：「劉董說，在電話裏聽出你的情緒有些不太穩，他不放心你，就讓我過來看看。」

要是在以前，吳雯會覺得劉康這麼做是在關心自己，可現在她覺得劉康這是在監視自己的行蹤。

吳雯沒好氣地說：「你也看到了，我現在挺好的，沒什麼事，你回去吧。」

小田卻沒有往外走的意思，他看了看吳雯，說：「剛才送你回來的人，是駐京辦的傅華吧？」

吳雯心裏一驚，她很害怕小田對傅華不利，便說：「你想幹什麼？是又怎麼樣？」

小田笑說：「吳總你別緊張，我就是問一問。」

吳雯看了看小田，說：「你還有別的事情嗎？沒有的話我很累了，要休息了。」

小田說：「沒有了，只是劉董要我告訴吳總，早一點回海川，他有事要跟你商量。」

吳雯說：「好了，我知道了。」

小田離開了，吳雯關上了門，眼淚便流了下來。她心裏很羨慕像傅華現在過得這種普通人的生活，閒暇時間可以跟朋友聚一聚，或是夫妻兩人一起看看電影之類的。這才是正常人過的生活。吳雯當初脫離仙境夜總會，也就是想要過這種生活，可惜偏偏天不從人願，她越是想要而越不可得。

吳雯現在瞭解到自己不過是劉康控制徐正的一枚棋子，而且劉康越發加強了對她的控制，她對這種身不由己十分的無奈，悲上心頭，忍不住大哭起來。

傅華回到家，趙婷正在客廳看電視，看到傅華回來，撲到了他懷裏，抱緊了他，說：「老公，你這一天都在忙什麼啊，一天都不見個人影？」

傅華笑笑說：「駐京辦有些應酬嘛，怎麼，想我了？」

「想了。誒，不對，你身上怎麼有女人的香水味啊。」趙婷敏感的嗅了嗅傅華的肩膀。

傅華有些心虛的說：「應酬當中有女賓嘛，還懷疑你老公啊？」

趙婷說：「哼哼，你可給我小心點，被我抓到了，我可不放過你。」

傅華笑說：「我倒要看看你要怎樣不放過我。」說著，傅華抱起趙婷送到了臥室裏，將她扔到床上，便撲過來壓住了趙婷。

趙婷便掙扎著和傅華糾纏在了一起……

第六章

官場現形記

蘇南說：

「紹興人做師爺是世代相傳的，一張利嘴，一枝刀筆，天下無敵。說到這裏，我想你該明白為什麼紹興師爺過得比一般官員還要好的日子了吧？你如果還不明白，回去找一本《官場現形記》好好看看。」

第二天上午，傅華接到了吳雯的電話。

吳雯說：「我要回海川了。」

傅華說：「怎麼這麼快，不是還要待幾天嗎？」

吳雯笑了笑，說：「也沒什麼事，早點回去了。」

吳雯是覺得她留在北京，劉康一定會讓小田繼續窺探監視自己，留在這裏也不自在，還不如回海川的好。再說，她想見的傅華已經見到了，自己再留在這裏，也只能看著傅華心酸痛苦而已。

既然老天爺給了自己另外一種命運，躲是躲不掉的，不如早一點承受完必要的痛苦，好早一點脫離苦海。

傅華也想不出什麼要留吳雯在北京的理由，便說：「那好，你回去海川一切要小心。」

「好的，我知道了。」吳雯說。

吳雯掛了電話，傅華知道，她這一去又將成爲徐正的玩物，他很想幫吳雯擺脫這種命運，可是他也知道自己是無力去對抗徐正和劉康的勢力的。

這是吳雯自己選擇的一條道路，傅華也只能寄望於這個精明的女人有她的自保之道了。

劉康親自到海川機場接回來的吳雯，吳雯見了劉康，簡單的問候了一下便上了車，一路上都板著臉，一言不發。

到了西嶺賓館，吳雯和劉康進了辦公室。

劉康看了看吳雯，說：「小雯啊，你跟我說實話，是不是徐正對你哪個地方不好了？」

吳雯搖搖頭，說：「乾爹啊，我只是心裏很厭惡這件事情，你跟我說，你到底打算讓我陪他陪到什麼時候啊？」

劉康苦笑了一下，說：「這是乾爹不好，當初不該爲了生意讓你做這件事情。」

吳雯看了看劉康，她現在還不想跟劉康撕破臉，而且劉康的手段也讓她不得不小心應對，便說：「乾爹，你不要這麼說，當初這麼做是我自願的。只是我不想就這樣一直陪著他，沒完沒了的，這樣下去我受不了。」

劉康說：「那你想怎麼辦？」

吳雯說：「這件事情我想早一點結束。」

劉康急忙說：「不行啊，小雯，我們現在需要徐正做的事情還很多，你這時候離開他，我們可能前功盡棄的。」

「那你還需要他做什麼？」吳雯問。

劉康說：「我們現在在海川的資金並不多，不足以應付施工所需，我想透過徐正幫我們想辦法貸一點款。」

吳雯勉強答應說：「好吧，我再幫你這一次忙，不過，這次事情辦完，我不想再留在這裏了。」

劉康見吳雯答應了，立刻說：「行，行，只要你做完這一次，你盡可以離開。」

這時，吳雯的電話響了起來，看看是徐正的號碼，吳雯看了一眼劉康，說：「你告訴徐正我回來了？」

劉康乾笑了一下，說：「他現在迷上你了，天天打電話來問我，我只好告訴他了。」

吳雯嘆了口氣，接通了電話。

徐正一聽到吳雯的聲音，馬上說：「寶貝，你到了海川沒有啊？」

吳雯說：「到了，現在在西嶺賓館了。」

徐正著急著說：「寶貝，我想死你了，你在那等著我，我馬上去見你。」

吳雯煩躁的說：「你幹什麼啊，我不就離開幾天嗎？我剛下飛機，很累了，要休息一下，晚上再見面吧。」

「好好，晚上我去你那裏。」徐正陪笑著說。

吳雯就掛了電話，劉康在一旁看著吳雯，說：「小雯啊，我們現在有求於人，你是不是對他客氣一點？」

吳雯不滿地說：「我現在對他這麼不客氣他還纏著我不放，真要客氣了，那還不知道怎麼樣呢。」

劉康被嗆了一下，只好乾笑著說：「行，隨你吧。」

晚上，將近十一點鐘，徐正戴著墨鏡鴨舌帽出現在吳雯住的社區裏，他要防止有人認出他這個一市之長的盧山真面目。

徐正用鑰匙開了門，進了屋，開了燈，這才把鴨舌帽和墨鏡摘了下來，屋子裏靜悄悄的，吳雯並沒有坐在客廳等他。

徐正去了臥室，見穿著一身粉色睡袍的吳雯躺在床上，好像已經睡著了。徐正有些愛惜的看著吳雯像畫一般的臉龐，長長的睫毛，挺直的鼻梁，玉一般的膚色。

這個睡美人讓他怎麼看都看不夠，他忍不住伸手輕輕的去撫摸了一下。

吳雯實際上在徐正開門的時候就已經醒了，可是她懶得去迎候徐正，就躺在床上裝睡，此刻徐正撫摸她時，她就睜開了眼睛，不高興地說：「怎麼這麼晚啊？」

徐正笑笑說：「我的事情太多了，好不容易才忙完。寶貝，你總算回來了，你不在的這幾天，我覺得做什麼都沒精神。」

吳雯坐了起來，說：「好啦，別這麼肉麻了，說得好像你愛上了我似的。」

徐正看到睡袍下吳雯那對雙峰波浪似的顫動著，他的心弦也跟著顫悠悠的，忍不住身子就貼過去，想要把吳雯抱進懷裏，嘴裏說：「寶貝，我是說真的，我真的是這麼覺得的。」

吳雯卻伸手推開了徐正，說：「先洗澡去，一身的汗臭味。」

徐正笑了笑，說：「寶貝，也就是你，你可以問一下，別人誰敢這麼對待我。也真是怪，見了你我就生不起氣了，而且看你生氣的樣子我都覺得心疼。好了，我先洗澡去了。」

徐正去浴室洗澡去了，吳雯從床上起來，去了餐廳，從酒櫃裏拿出一瓶軒尼詩，給自己倒上半杯，然後一口喝了下去。過了一會兒，還覺得不過癮，又倒了半杯，又是一口乾了。

酒精的刺激很快讓讓吳雯的臉上泛起了紅暈，眼神迷離起來。

徐正這時匆匆洗完了澡，見吳雯不在臥室，來到餐廳，給自己也倒上了酒，喝了一口，然後說：「寶貝，你這次去北京到底爲了什麼啊？是不是我什麼地方讓你不高興了？」

吳雯說：「我就是心裏煩，你別再問了。」

徐正說：「你別這樣嘛，你跟了我，就是我徐正的女人了，你不高興我也不好過啊。你到底想要什麼，告訴我一聲，回頭我給你辦。」

吳雯冷笑了一聲，說：「我想要的，你給不了我的。」

徐正笑說：「我是市長啊，你想要什麼東西我給你弄不來？說，你想要什麼？」

吳雯說：「我想過一點平常的生活，你能給我嗎？」

徐正以爲吳雯這是向自己要名分，愣了一下，說：「我如果離婚，會影響我的仕途的，這個一時我還真沒辦法答應你。不過你別急，我會慢慢想想辦法的。」

吳雯心裏有些氣苦，她想要的，實際上是徐正可以遠離她的生活，她可以找一個心愛的男人嫁了過平常生活，現在卻被徐正理解成她想要嫁給他。

吳雯一方面不能跟徐正明說，另一方面也懶得跟徐正解釋，便說：「好啦，很晚了，休息吧。」說完，吳雯轉身進了臥室。

徐正尾隨著她一起走到了床邊，便從後面擁住了吳雯，喘息著親吻著吳雯的後頸耳朵，嘴裏亂叫著寶貝。

酒是色媒，酒精麻醉了吳雯的神經，她身體的潮汐開始高漲起來，很快就淹沒了她心中的厭惡，開始回應起徐正的撫摸和親吻。

徐正將吳雯壓倒在床上，一場酣戰開始了……

事畢，精疲力盡的徐正馬上就睡了過去，吳雯卻久久不能睡著，聽著徐正鼾聲如雷，心中更加煩躁，忍不住踹了徐正一腳。

徐正早已睡死，並沒有發覺吳雯踹他，只是哼唧了幾聲，鼾聲小了很多。

凌晨，徐正匆忙爬起來，穿好衣服就要離開，吳雯這時說：「你等一下，我有事跟你說。」

徐正笑笑說：「把你吵醒了?什麼事啊?」

吳雯說：「劉康說，我們集團最近流動資金有些緊，叫我問問你，能不能幫忙解決一下貸款？」

徐正笑笑，他不怕吳雯跟自己提要求，相反，他渴望吳雯有求於他，這樣他在吳雯面前就會更有自信，於是他說：「既然寶貝你開口了，我一定會想辦法的，讓劉康直接來找我吧。好了，你繼續睡吧。」

說著，徐正愛惜的親了吳雯臉蛋一下，這才離開了。

北京，傅華接到了蘇南的電話，蘇南讓他馬上下去，他要帶傅華去一個好地方。

傅華上了蘇南的車，好奇地問：「什麼地方啊？」

蘇南笑笑說：「去了就知道了，保準你會喜歡。」

車子就載著傅華到了一處很不起眼的四合院門前，蘇南說：「下車，到了。」

傅華下了車，看看蘇南，說：「這是你弄的地方嗎？」

蘇南搖了搖頭，說：「我才沒這種雅興呢，主人在裏面等著呢，進去吧。」

兩人往裏走，雖然這四合院外表看起來很不起眼，可是傅華知道，這些年北京的四合院拆了很多，能保留下來的都是很昂貴的。

說著話就進到了裏面，一進到裏面立刻就敞亮了很多，院子裏放著幾個很古舊的大魚缸，裏面養的金魚安逸得游動著。院子裏的石榴樹看上去已經種了有些年頭了。

傅華看了說：「蘇董啊，這個院子應該很有年頭了吧？」

蘇南點點頭，說：「這個院落應該在清朝就有了。」

傅華訝異地道：「這樣的排場，在清朝應該是一個官員的宅子吧？」

「不是啦，我聽賣給我這個院子的人說，這以前是一個紹興師爺的宅子。」一個女聲脆落的說道。

傅華抬頭看去，竟然是曉菲從正屋那邊走了過來。

他愣了一下，說：「曉菲，這裏是你弄的？」

曉菲笑了起來，說：「是啊，不好嗎？」

傅華笑說：「只是沒想到，感覺跟你的風格反差很大。你想用這裏做什麼？」

曉菲說：「我就是想跟原來做個風格不一樣的，不過內容還是跟原來山裏的差不多，我想用這裏做一個會所，給朋友提供一個休閒聊天的場所。」

說話時，傅華上下打量著曉菲，曉菲還是那個樣子的恬靜淡然，這麼多日子沒見，他心中對這個女人還是有幾分牽掛。

曉菲對蘇南說：「南哥，我們進去坐吧。」

蘇南和曉菲就往裏面走，傅華跟在兩人後面，曉菲回過頭來，對著傅華眨了眨眼睛。

這個俏皮的動作讓傅華的心臟急促得跳動了起來，他知道這個外表看上去平靜的女子，實際上是一座暗地裏岩漿洶湧的火山，他怕被她喚起心底的火熱，趕忙把眼神躲閃開了。

三人進了正屋，屋裏卻是另外一番風貌，看得出來，曉菲只保留了這四合院古舊的外觀，讓它看上去有一種歷史的滄桑感，內部的設施則進行了一番大改造，完全是現代化的感覺，只是原本曉菲用來裝飾廠房是用西洋畫，現在用的完全是中式風格的水墨畫，使得內外空間古舊和現代得以和諧統一了起來。

服務生進來給三人倒上了茶，茶是龍井茶，那股清香聞上去是那麼的沁人心脾，一隻很大的捲毛狗過來蜷坐在曉菲腳下，曉菲不時伸手愛惜的去撫摸著牠。

蘇南笑了，說：「曉菲啊，你這派頭學紹興師爺學得十足啊，天棚魚缸石榴樹，先生肥狗胖丫頭。」

曉菲笑了起來，說：「南哥取笑了，我這裏的服務生可不是胖丫頭啊，她們一個個身材苗條得很呢。再說，這裏也沒有什麼先生啊？」

蘇南說：「呵呵，你要找一個先生好辦，傅華成天板著臉給人講大道理，我看做這個先生倒正合適。」

其實這句諺語中的先生本意是教書先生，可是在這時說出來，傅華和曉菲同時想到的卻是先生的另一個含義，他們都懷疑蘇南話中有話，也懷疑蘇南是不是從兩人的舉動中看出些什麼端倪來。

蘇南本來是無意間的玩笑話，沒想到一下子正說中傅華和曉菲的心事，兩人騰一下臉都紅了，同時偷眼去看蘇南，看看他是不是知道了他們兩人私底下的曖昧。

其實蘇南並無他意，他的目光正流連在屋內掛著的水墨畫上，沒有注意到傅華和曉菲的神情。

曉菲看蘇南這個樣子，心底放鬆了下來，笑笑說：「南哥，你真會開玩笑，人家傅華貴爲駐京辦的主任，怎麼肯屈尊我這個小地方，做什麼教書先生呢？」

蘇南笑了笑說：「我只是說他很適合，偶爾來客串一下也不錯。」

傅華也看出蘇南並沒有察覺什麼，便說：「蘇董，原來我在你心目中就是這麼一個形象啊。」

蘇南說：「傅華，你是有些教書先生的味道，你知道你唯一的不足是什麼嗎？」

傅華笑笑說：「我身上的毛病可不少，不知道蘇董看出了那一點？」

蘇南坦率地說：「我覺得你身上最主要的不足，就是你這個人太過於原則了，老是那麼正經八百，不夠隨性。其實很多時候你可以隨便一點的，就比方說，我跟你認識這麼久了，你叫我還老是蘇董蘇董的，幹什麼，我是你的上司啊？」

傅華聽了，笑說：「那是我對您的一種尊重。」

蘇南說：「這麼說，曉菲叫我南哥就不尊重我了？」

傅華說：「那倒不是，那我以後也叫您南哥了。」

蘇南高興地說：「這就對了嘛。這天下不是你一個人在撐著的，你隨便一點天也塌不下來。」

曉菲在一旁取笑說：「其實我倒覺得南哥來客串教書先生很合適，看你把傅華教訓的。」

蘇南笑了起來，說：「曉菲啊，你看我說傅華心疼了？」

曉菲心中有鬼，臉又紅了一下，說：「哪有，南哥本來就在教訓人嘛。」

傅華怕蘇南再往兩人身上扯，趕忙換了話題，說：「南哥，你說曉菲學紹興師爺學得派頭十足，這裏以前難道真是紹興師爺的宅子啊？」

蘇南點了點頭，說：「這倒很有可能。」

傅華說：「不太可能吧，我覺得這個宅子的排場，以前一般京官是很難住得上的。」

蘇南笑說：「對啊，一般京官不一定住得上，可紹興師爺就一定能住得上。這個宅子其實是很有特點的，你看門面很不起眼，內中卻自有乾坤。這說明什麼？說明宅子的主人在外表看來身分並不高貴，實際上卻擁有很大的權力和財富。」

曉菲也說：「老北京人都說，住四合院是有一定的規制的，什麼樣的身分才能建什麼樣的宅子，如果他把門面建得氣派豪華會逾制的，這要被言官看到了，會奏本彈劾的。」

傅華說：「這種規制我明白，可是爲什麼一個師爺能夠擁有這麼大的權力和財富，我就不懂了。」

蘇南聽了，說：「別人說不懂尙且可以含糊的過去，你這個駐京辦主任說不懂，那可就不對了。」

傅華搖了搖頭，說：「我還是不明白。」

曉菲笑說：「那還是讓南哥這個教書先生好好跟你說說吧。」

蘇南指了指曉菲，說：「你這傢伙，來打趣我。」

傅華困惑地說：「我是真不明白，就請南哥不吝賜教吧。」

蘇南說：「那我問你，你這個駐京辦主任的職責究竟有哪些？」

傅華回答：「駐京辦事處肩負著一聯、兩接、三協助六項職能。一是聯繫當地在京名人；兩接，一是接待來京的海川市領導，二是接待送返來京上訪群眾；三是協助海川市招商引資、提供資訊、服務海川市在京務工人員。」

蘇南笑說：「你說漏了一點，也是很重要的一點。」

傅華問：「我說漏了什麼啊？」

蘇南說：「你們不需要跟在京的各部委溝通聯繫嗎？」

傅華說：「當然需要了。」

蘇南說：「那你們打交道的都是各部委的主要領導嗎？」

傅華說：「曉菲說我們駐京辦主任尊貴，那是開玩笑的，其實我們都算是很底層的官員，很少能跟各部委的主要領導搭上關係，我們打交道的，大多是各部委的科處級官員，也是基層的官員。」

蘇南笑說：「那你還不明白爲什麼紹興師爺有權有錢嗎？」

傅華仍然納悶地說：「這裏面有什麼關聯嗎？」

曉菲笑了起來，說：「傅華，你怎麼這麼笨呢？這些部委的官員，實際上就相當於清朝時期的六部胥吏，比方說財政部相當於就是戶部，你要到財政部要錢，要人家撥銀子給你們，不需要上下打點嗎？你要打點，不是必須要先走科處級官員這些基層幹部的門路嗎？」

蘇南說：「在清朝，要做好一個官，首先要找到一個好的師爺，師爺基本都是紹興人在做，紹興人做師爺是世代相傳的，懂得做官其中的訣竅，一張利嘴，一枝刀筆，天下無敵，所以有『無紹不成衙』的俗語。你要跟六部打交道，首先就必須跟他們打好關係。說到這裏，我想你該明白爲什麼紹興師爺過得比一般官員還要好的日子了吧？你如果還不明白，回去找一本《官場現形記》好好看看，你看那上面官員辦很多事情，是不是先由師爺出來講價錢的？」

傅華頓時大悟，笑了起來說：「我明白了，多謝蘇先生指點了。」

蘇南笑說：「去你的吧，你還真把我當教書先生了。」

傅華笑笑說：「原來古今官場都是一個道理的。」

蘇南說：「那當然了，其實你看看古時的一些權謀書，哪一本上面講的東西不可以拿到現在社會來使用？」

傅華、蘇南、曉菲三人閒聊到中午，由於這個會所還沒有正式營業，曉菲就吩咐廚房爲三人做了簡單的午餐。

吃過午餐之後，蘇南和傅華準備告辭要離開，曉菲送兩人到了門口。蘇南快步要繞過去開車，落在後面的曉菲使勁的掐了傅華胳膊一下，傅華痛得差一點叫了出來。

蘇南打開車門，回頭正好看到了傅華呲牙咧嘴的樣子，擔心地問道：「傅華，你怎麼了？」

傅華苦笑了一下，說：「真是撞邪了，剛才不知道怎麼了，閃了一下筋。」

蘇南笑說：「怪事，筋也能閃。」

說著，傅華開了車門上了車，轉過頭狠狠的瞪了曉菲一眼，曉菲卻一副若無其事的樣子，向兩人招了招手，說：「南哥、傅華，你們有時間就過來玩。」

兩人答應了一聲，蘇南就發動了汽車，送傅華回駐京辦。

在路上，傅華忍不住問蘇南：「南哥，有一件事情我一直很困惑，像曉菲這樣優秀的女人，爲什麼到現在還沒有男朋友什麼的？」

蘇南笑說：「有時候女人太優秀了並不是一件好事，曉菲就是一個很好的例子。你想，什麼樣的男人才能配得上這麼優秀的女人？她又不想要一個攀附她的男人，那她的選擇範圍就很少了。而且隨著年齡的增長，她遇到如意郎君的機會更加少了。」

傅華聽了，不禁說：「這大概就是自古紅顏多薄命吧。」

蘇南笑笑說：「怎麼了，心疼她？」

傅華笑了起來，說：「南哥，你這不是開玩笑嗎？你也知道我是有家室的。」

蘇南搖了搖頭，說：「其實我覺得你們很般配，曉菲似乎對你也有好感，只是你已經結婚了，只能徒留遺憾了。」

蘇南將傅華送到駐京辦就離開了，傅華快步進了大廈，正要進電梯，手機響了起來，看看是曉菲的號碼，就接通了。

他笑著說：「你剛才扭得我是不是很過癮啊？」

曉菲調皮地說：「是挺解氣的，南哥走了嗎？」

傅華說：「已經走了。你還知道要怕南哥啊？那你剛才還在他後面扭我？誒，曉菲，我好像沒得罪過你啊？」

曉菲笑了，說：「誰說你沒得罪我了？你就是得罪了。」

傅華有點哭笑不得，他始終有一種不知道該拿這個很難捉摸的女子怎麼辦的感覺，便問道：「好，好，就算是我得罪了你，那你告訴我什麼地方做錯了？我好給你賠罪。」

曉菲說：「傅華，是不是我不讓南哥帶你過來，你就準備一直不跟我聯絡了呢？這樣子是不是會顯示出你的男子氣概來，讓人覺得你很厲害，可以不把別人放在心上是吧？」

傅華乾笑了一下，說：「曉菲，你也知道，我是沒資格把你放在心上的。」

曉菲說：「難怪南哥說你這個人太過於原則了，你老那麼端著不累啊，我又沒有要讓你幹什麼，隨性一點好不好？你打個電話來會死啊？」

傅華笑了，說：「誒，你這麼說很不公平啊，我又沒說不讓你打電話過來，爲什麼你不能先打電話給我呢？」

曉菲說：「你一個大男人說這種話害不害臊啊？我是女生，當然要矜持些了。」

傅華笑說：「好，好，反正有什麼不對都是我的不對，總行了吧？」

曉菲笑笑說：「這還差不多。誒，你覺得我弄這個四合院怎麼樣？」

傅華說：「挺好的，古老和現代文明衝突而和諧，跟目下的北京風格是一致的。」

曉菲高興地說：「能夠得到傅主任的表揚真不容易，既然喜歡，可不要就來一次就再沒了蹤影啊。」

傅華一下子被說中了心中所想，他目下對曉菲的想法還真是覺得要以躲爲主，他並沒有飛蛾撲火的勇氣，而且他覺得，那樣對趙婷也是很不公平的。

傅華含糊的笑了笑說：「好的。」

曉菲說：「你回答的這麼不肯定，是不是還在想怎麼避開我啊？」

傅華又被曉菲說中了心事，趕忙掩飾說：「沒有，我不會的。」

曉菲語帶央求說：「傅華啊，我並沒有想要你做什麼，你隨性一點，有時間過來聊聊天、喝喝茶什麼的，可以嗎？」

曉菲這個姿態已經放得很低了，她的要求也並不過分，傅華不忍再去傷她的心，便說道：「曉菲，你放心，有時間我就會去的。」

這一次傅華不再含混，曉菲知道他是真心的答應了，高興地笑了起來，說：「這還差不多。」

海川，吳雯出現在西嶺賓館已經是午飯時間了。她睡了一上午，早飯也沒吃，已經很餓了，便去餐廳吃飯。

劉康也來吃飯，看到吳雯來了，就坐到了她的身旁，問道：「昨晚你跟徐正說了資金的事情嗎？」

吳雯說：「說了，他說會想辦法的，讓乾爹自己跟他聯繫。」

劉康高興地說：「很好，下午我就去見他。」

吳雯心裏有些反感劉康的樣子，心說這是我陪徐正睡覺才換來的，你這麼高興，有沒有考慮我的感受啊？吳雯心中越發懷疑這一切是劉康早就算計好布下的局，自己只是他獲取利益的一枚棋子而已。

她看著劉康的眼睛，問道：「乾爹，這一切你心中早就有打算啊？」

劉康眼神躲閃了一下，說：「小雯啊，乾爹知道你現在做這件事情很不情願，乾爹心裏也很不舒服。不過，這也是爲你我的未來做打算啊。做完這項工程，乾爹也準備退休了，投資移民正在辦理，到時候我們一起去國外生活，那時候你就不用再受這種屈辱了。」

吳雯苦笑了一下，說：「這項工程做完，還需要很長一段時間的，我可等不及，我想等你拿到貸款，我就離開海川，到北京去生活。」

劉康心裏並不想吳雯離開，他的工程要順利進行，徐正是一個重要的關鍵，吳雯留在徐正身邊，他就能很好的控制徐正；何況徐正現在這麼迷戀吳雯，又怎麼肯輕易放吳雯離開呢？

劉康安撫說：「小雯啊，你我都是在這社會大染缸中打過滾的人，我想你也應該明白，對我們來說，只有利益才是最實際的東西，至於像海川駐京辦主任傅華，他對你來說是一個很不切實際的東西，我覺得你還是放棄掉這個幻想比較好。」

吳雯有點惱火的看著劉康，說：「乾爹，你這是什麼意思啊？你是不是派小田在監視我啊？」

劉康說：「我沒有，不過小田正好碰到傅華送你回去而已。小雯，你也知道，傅華是有家室的，他老婆是有錢人家的千金小姐，他不會為了你捨棄一切的，他跟你也就是玩玩而已。」

吳雯急說：「乾爹，你瞎說什麼，傅華跟我只是朋友，從來沒涉及到那方面的事情，你把我們想得太齷齪了。」

劉康說：「既然是這樣，那你就更不要被自己單方面的幻想所影響，還是抓緊徐正，想辦法多在他身上撈取點實際利益好啦。」

吳雯厭煩地說：「乾爹啊，你怎麼就不明白啊，我是無法再忍受這種生活下去了。」

劉康說：「小雯，我還真是不明白，你既然已經染黑了，為什麼還在乎多染這一次呢？是不是傅華跟你說了些什麼？」

吳雯忙說：「不關傅華的事，從我上岸那天開始，就打定主意不再做那種事情了，現在迫於形勢再作馮婦，我心裏是很彆扭的。」

劉康看了看吳雯，說：「小雯啊，你就不能堅持一下嗎？你想，現在徐正這麼迷戀你，你如果離開，對我們集團來說可是很不利的。」

吳雯搖了搖頭說：「我真是受不了了，再這樣下去我會瘋掉的。你還是抓緊時間辦你要辦的事情，辦完之後我就離開。」

劉康見吳雯怎麼勸也不聽，也有些惱火了起來，說：「好啦，你愛怎麼辦就怎麼辦吧。」說完飯也不吃了，就離開了餐廳。

劉康惱怒的離去，讓吳雯有些害怕了起來，她目前的所有東西，大多都是劉康給她的，而且她也知道劉康的手段，真要惹火了劉康，她不知道劉康下一步會做些什麼出來。

在這場遊戲中，自己實際上沒辦法得到絲毫保障的，一種恐懼感油然而生，吳雯開始覺得自己是該想想辦法如何自保了。

第七章

輿論壓力

徐正說：

「目前這個狀況老這麼持續下去也不是個辦法，我們雙方總是要想辦法解決問題。錢先生，就算你給我們市政府一個面子，拿出些錢來，讓建商趕緊開工吧，不然我們要承受很大的輿論壓力啊。」

下午，劉康去了徐正的辦公室。

徐正看了看劉康，說：「劉董，怎麼回事啊？你新機場工程才接下幾天啊，怎麼這麼快資金就有了問題啊？」

劉康笑笑說：「我們集團在北京那邊出了點事，資金一時調集不過來，另一方面，你們政府的付款也不及時啊，這樣下去可能要耽擱工程的進度的。」

徐正說：「政府的付款方式都是按照合同走的，這涉及到中央和省的撥款，必須嚴格執行合同才行。」

劉康說：「既然這樣，你看是不是跟銀行方面打打招呼，能不能給這個項目發放一點優惠貸款？」

徐正說：「銀行現在對地方政府也不是言聽計從了，有點難度；要不這樣吧，從市裏面的住房積金那兒給你調一點貸款出來。」

劉康說：「那就麻煩徐市長了。」

徐正笑了笑，說：「那回頭我會跟住房公積金那邊的頭頭打個招呼，到時候你去跟他把手續辦一辦就好了。」

劉康語帶感激地說：「那我要怎麼感謝您才好呢？誒，要不我陪你出去玩一趟，隨你選地方，玩什麼也隨你。」

劉康已經意識到吳雯不可能長久的留在徐正身邊，而新機場項目完成尚需一段時日，他必須想辦法安排一個能夠代替吳雯的人出來，因此就想藉著陪徐正出去玩，轉移一下徐正對吳雯的注意力。

徐正笑笑說：「我哪裡也不去，吳雯剛從北京回來，我想多陪陪她，再說，跟你出去萬一有些亂七八糟的事，讓吳雯知道了也不好，是吧？」

劉康有點哭笑不得的感覺，徐正這傢伙還真是認準吳雯了，這讓他有點不知道如何是好了。

沒辦法，先挨過一天是一天吧。

時間不管人們願不願意都是在前進的，鴻途集團的CBD招標活動已經結束，丁益的天和房地產也招標了一棟大廈的建設工程。

本來招標程序結束，CBD項目應該轟轟烈烈的開工建設了，但是蹊蹺的事情發生了，鴻途集團不肯退還各投標單位先期繳納的競標保證金，還要求各得標單位墊資開工。

得標的公司都不是傻瓜，見鴻途集團這樣做，擺明了這個所謂的集團公司不但不想拿出錢來，還想套用各得標單位的資金，這樣的公司怎麼能信得過啊？於是各得標單位紛紛拒絕開工，ＣＢＤ項目就耗在那裏了，沒有絲毫進展。

丁益也在冷眼旁觀，他本來因爲傅華的提醒就對鴻途集團有所警覺，此時自然不肯開工建設了。

這個ＣＢＤ項目一開始就拆除了兩棟新建的大樓，已經讓海川市民在背地裏議論紛紛，有人對市政府這種荒唐的做法十分不滿，不過因爲有著對ＣＢＤ這名聲赫赫的項目的美好期待，也有很多人抱持著不破不立的觀點，對市政府這一舉措大聲叫好，認爲徐正這個市長有魄力，爲了市政的發展，敢於承擔責任。

支持的和反對的基本是五五波，所以海川市的輿論尙屬平和，而且ＣＢＤ對海川市民來說尙屬新鮮事物，大家也都想看一看這個ＣＢＤ會建成什麼樣子，想看看會給海川帶來什麼效益。

可是沒想到的是，這個ＣＢＤ應該開工建設卻沒有開工，上來就卡殼了，這下子海川市市民可炸鍋了，說什麼的都有，矛頭直指市政府，都說市政府的官員們肯定是受了鴻途集團的賄賂，才讓這一家根本沒什麼經濟實力的公司進駐，還傻乎乎的把兩棟新樓給拆除了，真是敗家子的行徑。

金達也聽到了這些議論，他本來就不贊同建什麼ＣＢＤ，對徐正很有意見，不過是後來張琳對他做了一些說服工作，要他多理解徐正的工作，這才勉強把自己的意見壓了下去。

此刻聽到人們的議論，他便覺得自己的主張得到了輿論的支持，便在市長碰頭會上把這件事情提了出來。

金達說：「徐市長，我不知道您注意到沒有，鴻途集團CBD項目招標程序早已完成，卻遲遲不開工，現在老百姓在外面罵什麼的都有，市裏面是不是對這件事情管一下，趕緊督促鴻途集團開工，如果再這樣下去的話，會嚴重損害我們市政府在群眾中的威信的。」

這件事徐正私下也聽說了，他心裏也很著急，暗罵鴻途集團這是在幹什麼，爲什麼遲遲不肯開工。

但雖然徐正心裏很急，可是他對金達在會上把這件事情提出來卻十分反感，金達是公開反對建CBD項目的，是自己壓制了他的反對意見。他認爲金達在會上提出這個，是對自己的報復。

徐正不高興地說：「金副市長，請你說話注意一點，怎麼就會嚴重損害我們市政府的威信了?老百姓罵什麼了?我怎麼就沒聽到?我就反對這種私下做小動作傳八卦消息的做法，現在反映輿情的管道很多，不但有專門的信訪部門，還有市長信箱等等管道，老百姓如果有意見，大可以公開反映嘛。那些私底下嘀嘀咕咕的，都是些心存不滿的小人，這種意見不聽也罷。」

金達聽得出來，徐正這麼說其實是在指桑罵槐，心中十分惱火，心說：你徐正這算是什麼工作態度啊，我向你反映情況就是小人了？你又有接受同志意見的雅量啊？

金達反駁說：「徐市長，可是鴻途集團遲遲未能開工也是事實啊。」

徐正眉頭皺了起來，說：

「金達同志，那是企業內部的事務，可能鴻途集團有他們自己的考量，我們這些行政官員最好不要去干涉太多。」

金達並沒有被徐正的態度嚇回去，他說：

「徐市長，您別忘了，這個CBD項目也有我們市的投資在內，鴻途集團開工與否與我們海川市利益攸關，我們不能坐視不管。」

徐正火了，把喝水的茶杯狠狠地往桌上一頓，說：

「我說過不管了嗎？我們政府當然是要管的，我也在關注這件事態的發展，只是要管也是要相關的負責同志去管。金達同志，你先要搞清楚，這並不是你職責的範圍，先做好自己的工作再說。」

如果換成別的官員，可能這時候早就被徐正嚇了回去，偏偏金達不吃這一套。一來他年輕氣盛，二來仗持著自己來自省裏，因為所從事工作的緣故，常常跟郭奎有所接觸，郭奎對他十分欣賞，所以並沒有把徐正的威嚇當做一回事，便說道：

「徐正同志，我覺得只要是市裏面的工作出現問題，不論是不是我的工作範圍，我看到了都有責任提出來，難道不是我分管的，我就應該置之不理嗎？」

眼見兩人就要吵起來了，李濤說話了：

「金達同志，現在徐市長已經知道這件事情了，他會根據情況做相應的處理的，你先冷靜一下，好不好？」

有了李濤這麼一緩衝，徐正也覺得自己剛才話說得衝了一點，便說道：

「行了，我已經知道你反映的情況了，回頭我會認真處理這件事情的，好了，我們繼續開會。」

金達看了看周圍，除了一個打圓場的李濤，並沒有一個人出來聲援自己，似乎只有自己這一個新到海川不久的人聽到了海川市民的議論。

他感覺有些勢單力孤，既然徐正答應會認真處理，他也就順坡下驢，低下頭來，不再說話了。

會議結束後，李濤跟著徐正去了市長辦公室，進門之後，李濤說：「徐市長，您是怎麼看金達同志反映的鴻途集團這個情況？」

徐正說：「這個金達，仗著是從省裏面下來的幹部，根本就沒把我放在眼中。」

李濤笑笑說：「金達有些書生氣，不過，他的出發點是好的。」

徐正氣說：「什麼出發點是好的，他這是因爲上次反對建CBD被我否決了，今天故意提出來羞辱我的。你不知道，老李，那一次他已經去跟張琳書記告狀了，害得我費了好大的口舌才說服了張書記。」

李濤說：「不過，他今天說的情況我也聽到了，正想找個機會跟您說一下呢。您說，這個鴻途集團是不是有什麼問題啊？」

徐正不以爲意地說：「會有什麼問題，我跟西江省的朋友聊過，鴻途集團在他們那邊的項目進行的很好，一點問題都沒有，怎麼到我們這邊就有問題了？」

李濤說：「可是他們遲遲不開工也不是個事啊？」

徐正想了想，他也知道鴻途集團再拖延下去，輿論會對他越來越不利的，便說：「要不，老李你去鴻途集團瞭解一下情況，催促他們一下，讓他們趕緊開工。」

李濤說：「行，我去看一下吧。」

第二天，李濤讓秘書跟錢兵約了時間，自己去鴻途集團見了錢兵。

錢兵跟李濤握了握手，說：「李副市長，大駕光臨有何指示啊？」

李濤說：「指示倒不敢，只是，錢先生，我想來看看貴集團工程施工方面可有什麼困難嗎？」

錢兵說：「沒有啊，一切都很順利。」

李濤看了看錢兵，說：「既然是這樣，爲什麼貴集團遲遲不肯開工呢？」

錢兵笑笑說：「李副市長，這可怨不得我們集團啊，那些得標的施工單位遲遲不肯進場施工，我們集團正在考慮是不是要追究他們的違約責任呢。」

李濤愣了一下，便問道：「爲什麼他們都不肯進場施工啊？有什麼理由嗎？」

錢兵臉不紅心不跳地說：「我也不知道，想不到你們東海省這邊的建商這麼沒信譽，他們遲遲不肯開工，會給項目造成很大的損失的。李副市長，這個項目你們海川市政府也有份，你們是不是能出面勸說一下這些建商，真要追究起來，他們是應該負很大責任的。」

李濤聽錢兵一味的把責任往建商身上推，知道在錢兵這裏是問不出原因的，便笑笑說：「這我可要回去瞭解一下情況。」

錢兵說：「那就拜託李副市長了。我這幾天也急得不行，時間就是金錢，每天都這麼乾耗著，我們集團的損失很大的。」

李濤就要告辭離開，錢兵挽留說：「李副市長既然來了，就留下來吃頓便飯吧？」

李濤婉拒了，說：「我下面還有行程安排，就不在這吃飯了，改天吧。」

見李濤堅決要離開，錢兵就讓助理拿出一個袋子來，遞給李濤說：「謝謝李副市長爲我們集團操心，一點小小禮物，不成敬意。」

李濤覺得這件事情透著蹊蹺，建商是要靠建設工程賺錢的，現在這幫人放著錢不去賺，都不肯進場施工，肯定是鴻途集團有什麼重大的問題，讓他們不敢進場施工，因此李濤不敢招惹錢兵。

他也不喜歡收這種不明不白的禮物，便將袋子推回去，說：「不好意思，我不能收這種東西的。」

錢兵以爲李濤嫌棄禮物菲薄，笑笑說：「李副市長，其實這裏面是有著豐富內容的，你回去看看就知道了。」

錢兵這麼一說，李濤越發不敢接受了，他堅決的搖了搖頭，說：「我李某做人向來清白，這種東西從來都不收的。好了，我真的要走了，要不然要耽擱下面的安排了。」

錢兵無奈，只好放李濤離開了。

李濤離開鴻途集團，在車上就撥了電話給天和房地產的丁江，他記得天和房地產也是得標公司之一。

電話接通了，丁江意外說：「李副市長，怎麼突然想起打電話給我來了？」

李濤說：「老丁啊，我聽說你現在把公司都交給兒子打理了？」

丁江笑了笑，說：「是啊，現在是年輕人的天下了，我也想享幾天清福。」

李濤笑笑說：「你倒是想得開。」

丁江說：「現在我倒是挺悠閒的。誒，李副市長，你找我有什麼事啊？」

李濤說：「是這樣，你們公司這一次是不是也得標了鴻途集團的CBD項目？」

丁江說：「是啊，怎麼了？」

李濤問：「爲什麼你們不肯進場施工啊？」

丁江解釋說：「這家集團公司到現在沒讓我們見到一分錢，還把我們競標的保證金扣留著不肯退還，這像一家要投資四十八億人民幣的公司嗎？我問過那些得標的同行，大家跟我們公司遇到的情況一致，都覺得這家公司很可疑，因此不敢進場施工。李副市長，我正想問你呢，你們是怎麼找了這麼一家公司的，怎麼感覺這麼不靠譜啊？」

李濤聽著聽著汗就下來了，問題果然是出在鴻途集團身上。按照丁江的說法，怎麼看都會覺得鴻途集團像是沒有什麼經濟實力的樣子，這跟他們吹噓的要建什麼CBD可是不相稱的。

如果真是這樣，那這玩笑可開大了，海川市政府還爲此拆了兩棟新樓呢，這可要跟海川市民怎麼交代啊？

李濤不敢往下想了，忙說：「絕對不可能的，我們調查過，鴻途集團是很有實力的。」

丁江說：「您非要這麼說，我也沒辦法，反正我是覺得不像。」

李濤想要勸丁江帶頭進場施工，便說：「老丁啊，這工程市裏面也有份的，你就不能支持一下？」

丁江笑了，說：「不好意思，我們的公司現在是上市公司，是受嚴格監管的，我可不想給股東們造成太大的損失。」

李濤不好再說什麼，說了一句「那就這樣吧」，就掛了。

掛了電話之後，李濤越想越覺得問題嚴重，現在建商不肯進場施工，這個影響可就大了，這代表建商都覺得鴻途集團不可靠，而且就算換掉這批建商，這個惡劣印象已經流出去了，下一次怕是沒人敢來投標了。

李濤回到市政府，直接就找到徐正，把情況跟徐正說了。

徐正也覺出問題的嚴重性，這是一項大肆宣傳過的明星工程，曾向海川市民展示過美好前景的，如果連開工都成了問題，那後果將不堪設想。

徐正看了看李濤，說：「老李啊，你覺得這家鴻途集團究竟是怎麼回事啊？」

李濤遲疑了一下，然後說：「徐市長，您看我們有沒有可能是遇到騙子公司了？」

徐正心中也是這麼想的，但是他卻不想承認這一點，如果承認了，那就代表他上當受騙了，現在的問題是，如果得標的單位不肯進場施工，那問題可就很嚴重了，因為偌大的ＣＢＤ項目得標單位可不止一家兩家，大家統一步驟都不進場，很可能是鴻途集團存在某些問題，而且是很大的問題，如果上當受騙了，他就要對造成的損失負責任，那兩棟新樓造價可都是幾千萬，這個責任他可擔負不起。

徐正連忙否定了李濤這個說法，說：

「老李啊，你可不要瞎說，鴻途集團在西江省也有工程的，那邊的朋友可說是很可靠的，說不定是因為西江省的工程需用的資金太多，造成我們這個ＣＢＤ項目的資金一時調不過來。」

李濤也不敢往鴻途集團是騙子公司那方面去深想，他也是這個ＣＢＤ項目的經手人之一，真是要受騙了，他的責任也不會輕的。

李濤看了看徐正，說：「徐市長，那您說下面要怎麼辦？現在市民們還只是私下議論，如果還是沒有建商進場施工，那接下來恐怕就不是簡單的議論了。」

徐正此刻腦子裏想的也是要如何解決這個問題，他要把問題掩蓋下去，就算是騙子公司又怎麼樣，多少公司都是空殼的皮包公司，到最後不也是幹出很多事情來了嗎？問題的關鍵是要把工程運作起來，只要能運作起來，什麼問題都可以掩蓋下去的。

徐正說：「我也知道這個問題不能等了，這樣吧，我讓錢兵來一趟，跟他談一談，看看能不能想出個解決辦法來。」

徐正認爲他必須親自出馬了，目前看來，李濤的能力和威信都不足以解決目前這個危機，他親自出馬也許可以憑著市長的威望把這件事情解決了。於是他讓秘書劉超約錢兵第二天來他辦公室見面。

第二天一早，錢兵按約來到了市長辦公室，徐正跟他簡單寒暄了幾句，就問他爲什麼CBD項目遲遲不能開工。

錢兵把應付李濤的那一套又跟徐正說了一遍，把責任都推在了建商身上。

徐正聽完，說：「錢先生啊，可是我從建商那邊聽到的情況可不是這個樣子的，他們都說是你們鴻途集團不但扣著他們的競標保證金不還，還要他們墊資進場。」

錢兵並沒有慌，笑著說：「現在建商墊資進場不是一個通行的做法嗎？這樣子也可以保證他們不敢在工程品質上打馬虎眼啊。」

徐正說：「可是現在建商都不肯進場，他們對你們集團很不信任，是不是你們也應該拿出點資金來，起碼先讓建商進場施工啊？」

錢兵搖了搖頭，說：「那絕對不行，這不是讓建商牽著我們的鼻子走嗎？不行，這太被動了，絕對不行。」

徐正心裏這個氣啊，明明是錢兵拿不出錢來，偏偏還說得如此理直氣壯。

徐正態度強硬地說：「錢先生，我勸你考慮一下問題的嚴重性，如果你們遲遲不開工，我們市政府要承受很大的壓力。你不是要投資四十八億嗎，先拿出來一些錢來，讓建商們開工不好嗎？你如果再堅持不肯拿出錢來，那我們對貴公司的實力怕是要打一個問號了。到那個時候，我們可能要對貴公司採取一些必要的措施了。」

錢兵看看徐正，他並沒有因爲徐正的話感到害怕，反而笑了起來，說：

「笑話，我們鴻途集團是來海川市投資的，所做的一切行爲都是合理合法的，你們海川市政府憑什麼對我們採取措施？你們就是這樣子對待外來投資客商的？我跟你說，徐市長，北京我也有認識的人，你如果敢動我一根汗毛，我可以把官司打到北京去，到時候我看你的烏紗帽還戴不戴得住。」

錢兵的這一番表演，看得徐正有傻眼的感覺，這傢伙完全是一副無賴的嘴臉啊，自己當初怎麼就那麼相信他了呢？

可是徐正也不敢跟錢兵鬧僵，如果鬧僵了，CBD項目會一直停滯在那裏，他要承受的政治壓力會越來越大。

最主要的是，徐正怕跟錢兵翻臉之後，錢兵的騙局可能就要被拆穿，那時候他就不得不面對受騙的後果了。那對他來說，無異於一場政治災難。

不行，還不能跟這個傢伙硬碰硬，徐正笑了笑，說：

「錢先生，你不要這個樣子嘛，我叫你來，是想跟你一起想個解決問題的辦法出來，可不是想要對你做什麼的啊。」

錢兵也不想跟徐正翻臉，真要翻臉了，他也得不到什麼好處，結局只能是兩敗俱傷，只有把雙方的和諧維持下去，他才能從中漁利。

錢兵也笑了，說：「徐市長，你看我這個脾氣，一上來就有些火爆，不好意思，剛才話說的有些過頭了。」

徐正笑笑說：「彼此彼此，誰也別埋怨誰了。不過，目前這個狀況老這麼持續下去也不是個辦法啊，我們雙方總是要想辦法解決問題。錢先生，就算你給我們市政府一個面子，拿出些錢來，讓建商趕緊開工吧，不然我們要承受很大的輿論壓力啊。」

錢兵笑笑說：「跟您說句實話吧，徐市長，這個要求我真是無法滿足你。我們集團不是沒有資金，而是現在西江省那邊的工程招商不太順利，大筆的資金都押在那兒，我一分錢都調不過來。我現在也很著急啊。要不，您幫我們集團出面協調一下，幫我們用項目作抵押，先貸一點錢出來用一下，等我們西江省的項目資金可以抽出來了，馬上就會把貸款還上的。」

徐正心裏把錢兵的祖宗八代都罵遍了，這傢伙真能扯的，一分錢都調不過來，卻能忽悠著我們把兩棟新樓都拆了，你這算什麼玩意啊。

同時，徐正也不敢出面協調銀行貸款給鴻途集團，雖然錢兵口口聲聲說西江省的項目很快就能把貸款還上，可誰知道真實狀況如何，這貸款搞不好又是一個無底洞。

徐正說：「錢先生啊，你這就是不明白我們政府和銀行的關係了，現在四大國有商業銀行並不受我們政府的轄制，你這個貸款的要求，我沒辦法出面的。」

錢兵兩手一攤說：「那就沒辦法了，這個CBD項目只好暫時擱置了。」

徐正有些急了，說：「錢先生，你這樣可不是解決問題的態度啊。這可是我們兩家合作的項目，你不能就這樣擱置不管。」

錢兵笑笑說：「徐市長，我是想管，可是我現在出現了暫時的困難，想管也管不了。您也說了，這是兩方合作的項目，貴方有能力管，可是卻不願意施加援手。既然不能同舟共濟，您也就不能怪我放手不管吧？」

這傢伙這不是無賴嗎，話裏話外的意思就是賴上市政府了，徐正明知是上了錢兵的惡當，可是現在他已經上了賊船，想下來已經不太可能了。

眼下還是想辦法暫且把難關度過吧，徐正說：「錢先生，你這麼說就不對了，我什麼時候說過不管了？只是說貸款這個方法行不通而已。我們再好好商量一下，一定有什麼辦法可以解決這個問題的。」

錢兵笑說：「其實也不是沒有別的辦法，只是還需要徐市長親自出面協調一下。」

徐正知道自己想要完全脫離干係是不可能的了，眼下的局面是能解決一個問題是一個，便笑笑說：「那錢先生，你說需要我們做什麼配合？」

錢兵說：「其實很簡單，我想宴請一次得標的建商們，請徐市長參加，到時候，徐市長可以跟建商們溝通一下，讓他們對我們這個項目有信心，我想這樣也許建商們就會進場施工了。」

徐正想了想，這可能是目前能做的唯一一件讓自己危害較少的事情了，雖然將來很可能損害自己的威信，但是總比現在事情敗露、自己受處分要好。

權衡再三，徐正知道自己唯有接受一途，便點點頭說：「這倒是可以，本來這個項目就是我們兩家合作的，宴請建商我也是應該參加的。」

錢兵笑說：「那好，我就安排酒宴了。」

徐正說：「你安排好了，跟我秘書通報一聲，我一定會參加的。」

錢兵說：「好的。」

徐正說：「行了，你先回去吧。」

錢兵這時又從手包裏拿出了一個紅包，放在徐正面前，說：「徐市長，爲了感謝您對CBD項目的扶持，我們公司送您一點小小的禮物，請千萬不要推辭。」

此刻的徐正已經知道錢兵和鴻途集團是燙手山芋，哪裡還敢收他的什麼禮物，連想到沒想就把紅包推了回去，說：「錢先生，你不要搞這些東西了，你把項目搞好比什麼禮物都強。」

錢兵笑笑說：「徐市長，就是一點心意，您不會這麼見外吧？」

徐正堅決的搖了搖頭，說：「錢先生，我不能收，這是違反我們的紀律和法律的，你總不會想害我吧？」

錢兵見狀，只好將紅包收了回來，說：

「徐市長，你們海川市的幹部真是廉潔啊，前面李副市長也是堅決拒絕了我的禮物，你現在也這樣，真是令人敬佩啊。以前岳武穆說文官不愛錢、武官不惜死，不患天下不太平，可見海川在您的治下肯定是政治清平，我對我們項目的發展更有信心了。」

錢兵不知道的是，雖然是同樣不收禮物，李濤是一種自覺，而徐正就是迫於形勢了，所以錢兵雖然說得天花亂墜，十分好聽，可聽在徐正的耳朵裏卻分外的刺耳，心裏不停暗罵錢兵的祖宗八代。

表面上，徐正卻笑笑說：「錢先生真是太誇獎了，我和李副市長就是盡本分而已。」

過了一天，在錢兵安排的晚宴上，徐正對來參加的建商們說：

「各位老闆們，CBD這個項目是我們海川市政府和鴻途集團聯合開發的，在合作之前，我們市政府對鴻途集團進行了充分的考察，考察結果表明，鴻途集團是一家很有經濟實力的公司，一定能搞好這CBD項目的，爲什麼你們遲遲不肯進場呢？老丁啊，你是市裏面的帶頭企業，你們究竟什麼意思啊，難道連市裏面跟人合作的項目你們都不肯支持一下嗎？」

丁江是代表天和房地產來參加這個宴會的，見被徐正點了名，知道父母官得罪不得，連忙笑笑說：「徐市長，看您這話說的，我們天和房地產沒有市裏的支持哪裏會有今天啊，我們當然要支持市裏的項目了。我們已經在籌備進場施工了。」

徐正不是很滿意丁江的答覆，說：「那老丁你什麼時候能夠籌備好啊？你給我一個準日子。」

丁江被逼到了牆角，只好說：「基本差不多了，估計明天就可以進場施工了。」

徐正說：「這可是老丁你自己說的，明天如果還不能開工，我要是要找你的。」

丁江無奈的笑了笑，說：「明天一定開工，徐市長就放心吧。」

徐正又一一跟其他在場的建商落實開工日期，丁江已經做了表率，大家又都不想得罪父母官，只好一一承諾了具體的開工日子。

危機暫時得以化解了，徐正很滿意這個結果，就親自給到場的每一位建商倒滿了酒，然後端起酒杯，說：「感謝大家對我們海川市政府和鴻途集團的大力支持，這一杯我先乾爲敬了。」

說完，徐正仰脖就將杯中酒乾掉了，建商們面面相覷，知道不喝不行，也都跟著把這杯苦酒乾掉了。

晚宴結束的時候已經將近十一點鐘，徐正有了幾分酒意，便分外想到吳雯那裏去，索性讓司機直接將他送到了吳雯住的社區那裏。

吳雯還沒休息，正在客廳看電視，見到滿身酒氣的徐正，不高興地說：「你怎麼不說一聲就突然來了。」

徐正湊過去親了一下吳雯，笑笑說：「想你了，就過來了。」

吳雯厭惡的把頭轉到一邊，說：「去，去，真是討厭，一嘴的酒味。」

徐正對吳雯的嫌棄絲毫不以爲意，笑笑說：「熏著你了，那我去刷牙洗澡。」

徐正趕忙去浴室梳洗，吳雯苦笑了一下，繼續看著電視。

徐正很快就洗好了，坐到了吳雯身旁，問說：「劉康的貸款拿到了嗎？」

吳雯說：「剛剛辦好。」

徐正說：「那就好，你交代我的事情，我可是給你辦好了，這下高興嗎？」

吳雯沒好氣地說：「錢又沒進我的口袋，我高興什麼？」

徐正說：「劉康不會這麼不懂事吧？這完全是我看在你的面子上才幫他安排的，他如果知趣，一定會給你提成的。怎麼，沒有嗎？那等明天我打個電話給他，提醒提醒他一下。」

徐正倒還真為吳雯著想，可吳雯心裏就是厭惡這種關係，因此並不領情，說：「好啦，這事不用你管了。」

徐正看了看吳雯，說：「寶貝，怎麼了，臉臭成這樣，今天心情不好啊？誰惹你了嗎？」

吳雯說：「沒誰惹我，你別來煩我好不好？」

徐正陪笑著說：「好好，我不煩你。」

徐正便陪著吳雯看了一會兒電視，他是滿腔興頭來的，想要跟吳雯來一場魚水之歡，坐了一會兒就有些坐不住了，拉了拉吳雯的胳膊，說：「寶貝，已經很晚了，我們睡覺吧。」

吳雯沒好氣地說：「睡，睡，就知道睡，我知道你來了就沒好事。」

徐正耐著性子說：「我想要你嘛，走吧，走吧。」說著，徐正強拖著吳雯站了起來，往臥室裡拉。

吳雯雖然心中厭煩，可是還不想馬上跟徐正翻臉，便半推半就的進了臥室。

酒後的徐正分外的能折騰，吳雯被搞得精疲力盡了他才消停下來。

消停下來的徐正並沒有像以往那樣馬上就睡過去，酒精讓他的大腦還在一種興奮的狀態中，他抱緊了吳雯的胴體，喘息著說：

「寶貝，你真是個天生尤物，每一次你都讓我感到那麼的美好，以前我從來不知道做這種事可以這麼令人舒服。我認為我這一生最值得的一件事，就是得到了你。」

吳雯心說，你以為我當初得到花魁的名號只是因為我有一副美麗的軀殼啊？我之所以能得到花魁的名號，也是跟我的床上功夫有著莫大關係的，很多男人跟我睡過之後，就再也捨不得離開我了，所以才會給我一個「花中魁首」的名號，真是便宜你們這些臭男人了。

想到老天爺給了自己這麼優越的條件，卻不能跟心愛的男人在一起，吳雯心中暗自悲切，不知道該是要感謝老天爺還是要恨老天爺。

徐正見吳雯不說話，輕輕撫摸著她的嬌軀，說：「怎麼了，你在想什麼？」

現在劉康的目的基本上已經達到了，也許該趁著徐正高興的時候提出離開他了。

吳雯想到這裏，便說：「我有件事想要你答應我。」

徐正笑了，說：「什麼事情啊，說來聽聽。」

吳雯說：「你先答應了我再說。」

徐正說：「行，別說一件事情了，多少事情都可以。」

吳雯說：「現在你想從我這裏得到的，基本上都得到了，我想回北京，希望你能放我離開。」

徐正身子一下子繃緊了，他說：「不行，別的事情我都可以答應你，唯獨這件事我不能答應你。」

吳雯說：「我能給你的都給你了，你還想要什麼？男人不都是喜新厭舊的嗎？你如果再想要女人，可以讓劉康給你找啊，這世界上比我年輕、比我漂亮的女人多的是，你何必非要跟我糾纏呢？」

徐正說：「寶貝，你怎麼就不明白，我是真心喜歡你的，不是跟你玩玩就算的。」

吳雯冷笑了一聲，說：「你是不是太抬舉我了？我可記得我們在一起本來就是一場交易，我只不過是這場交易的籌碼而已。」

徐正急了，說：「寶貝，你如果介意這個，我可以跟你道歉，說實話，我當初之所以提出來把你當做交易的籌碼，是因爲我沒有別的途徑可以得到你，可是出發點是因爲我真的很喜歡你。」

吳雯搖搖頭說：「你不要這樣，你這樣就把問題搞複雜了。我們還是按照一場交易來吧，作爲交易來說，我想我已經履行了承諾，你應該放我離開了。」

徐正說：「不，我不想讓你離開，你想要什麼你說，只要我能辦到的，我立馬給你辦。」

吳雯說：「我就想要離開這裏，我不想再過這種生活了。」

徐正見吳雯態度堅決，有些惱火了，便說：「不行，你不想留下來也得留下來，我幫劉康辦了那麼多事，你陪我這麼幾天就想打發我了，不可能的。」

吳雯見徐正這個樣子，心裏也很惱火，她掙脫了徐正的懷抱，下了床，穿著睡衣就去了客廳。

徐正見吳雯出去，也跟著去了客廳，說：「寶貝，我是喜歡你才不想你離開的，你怎麼就不明白我的心呢？」

吳雯看了看徐正，說：「我看是你不明白我們之間的狀況，你喜歡我，可我不喜歡你啊，我原本只是想把這當作成一場簡單的交易，我做完我應該做的，就可以離開，可是你卻沒完沒了的，我受不了了。」

徐正說：「我們可以繼續交易啊，你想要什麼，我來給你辦。」

吳雯冷冷地說：「我只想要離開。」

徐正說：「不行，如果你待在海川覺得悶，可以到想去的地方走一走，散散心，不過一定還要回來，就像上次你去北京一樣。」

吳雯笑了，說：「你這是想控制我的人身自由嗎？我告訴你，不行，劉康已經答應我了，我做完我的事就可以離開了。」

徐正愣了一下，看了看吳雯，說：「劉康答應你離開我了？」

吳雯說：「是啊，他答應過我，只要辦完貸款的事情，我就可以離開了。」

徐正火了，說：「媽的，什麼時候輪到他劉康做主了，我徐正沒答應，你就不能離開。」

吳雯冷笑一聲，說：「徐大市長，你要怎麼留住我啊？難不成把我抓起來？」

徐正語塞了，吳雯這裏是見不得光的，即使他想要留住吳雯，也是無法通過正當管道的。

吳雯看徐正不說話了，知道他是沒辦法留住自己的，可是他又捨不得自己，便哀求說：「徐市長，這段時間，我已經對你夠盡心盡力的了，我們本來就是沒有未來的，你何不趁著現在感覺最美好的時候放手呢？這樣也給彼此留下一點美好的回憶。」

徐正對吳雯說：「不行，我說不行就是不行，我徐正沒讓你離開，你就不能離開。」

吳雯語氣堅定地說：「我不管，反正我是非離開不可，你是市長不假，但是你還命令不到我。」

徐正忿忿地說：「我命令不到你，劉康可以命令到你吧？你等著，我會讓劉康來告訴你，你應該怎麼做的。」

吳雯無奈地說：「你怎麼就說不通呢，反正我肯定是要離開的。」

說完，吳雯再也不肯搭理徐正了，徐正惱火的坐到了凌晨，看看車子來接他的時間到了，也沒跟吳雯道別，開了門就離開了。

第八章

當機立斷

郭奎說：

「作為一個決策者，如果事事都去論證，怕是要耽擱很多事情的，現在這個社會，時機稍縱即逝，有些時候就是要當機立斷，決策者是要有這種素質的，所以難免會被下屬看作是獨斷專行，這也是沒辦法的事情。」

天一亮，徐正就打電話給劉康，要劉康馬上就去他辦公室見他。劉康不知道發生了什麼事，匆忙就趕來了。

一進門，徐正看著劉康，陰著臉說：「劉董啊，你的算盤打得真精啊。」

劉康不知所以然，趕忙陪笑著問道：「徐市長，您這麼說究竟是什麼意思啊？」

徐正冷笑了一聲，說：「什麼意思？什麼意思你不明白嗎？你答應吳雯什麼了？」

劉康猜測吳雯可能已經跟徐正提出要離開的要求了，便說：「吳雯跟你說她要走？」

徐正說：「這麼說，你真的答應她了？」

劉康點了點頭，說：「是，我答應了她。」

徐正火了，說：「這件事情你跟我提都不提，你把我還放在眼裏嗎？是不是項目和貸款你都拿到手了，就可以對我不尊重了？我跟你說，劉董，很多事情還沒有完，信不信我能讓你這個項目做不下去啊？」

劉康看徐正真急了，趕忙說：「您先別急啊，我可沒有不尊重您的一丁點意思，相反，我這麼做還是爲您著想呢。我想吳雯陪您也有一段時間了，您大概也玩得差不多了，讓她離開，我正好再給您安排一個更好的。」

徐正更加惱火了，他一拍桌子，說：

「你當我是什麼，是嫖客嗎？你可以不斷的安排妓女陪我玩嗎？我跟你說，我當初之所以把吳雯作爲我們合作的先決條件，是因爲我喜歡她，我想要擁有她。你怎麼不想想，如果吳雯僅僅是一個平常的女人，又怎麼值得我親自開口向你要她？外面大把的人想送我女人玩，我還需要爲了一個平常的女人開口嗎？」

劉康見徐正都有些歇斯底里了，趕忙說：「徐市長，您先消消火，這裏是您的辦公室，如果被人看到您這個樣子就不太好了。」

徐正也意識到自己有些失態，看了看劉康，長出了一口氣，情緒平靜了些，說：「劉董，你也別用另外的女人來敷衍我了，我想不到還有什麼女人能比吳雯好。一句話，我只要她。」

劉康心裏暗自苦笑，心說：真是邪門，這傢伙怎麼就認定吳雯了呢？只好再次勸道：「徐市長，吳雯既然已經心生去意，強留下來似乎也沒有什麼意思。」

徐正冷冷的看了劉康一眼，說：「我不管，反正我就是想她留下來；她想走可以，除非等我徐正開口說讓她走。」

劉康說：「天下的好女人多得是，徐市長，你又何必在一棵樹上吊死呢？」

徐正說：「你別說了，我不會同意讓吳雯離開的，你還是好好想想，要如何才能將吳雯留下來吧。」

劉康嘆了口氣，說：「行，我可以跟吳雯談一談，儘量讓她留在你身邊。」

劉康就回了西嶺賓館，打電話給吳雯，讓她馬上就過來。

吳雯知道劉康是因爲什麼要找自己，她也想跟劉康攤開來好好談一談，便說：「好吧，我一會兒就過去。」

劉康一見到吳雯，便說：「小雯啊，你怎麼也不事先跟我說一聲，就跟徐正說你要離開呢？你這樣搞得我很難做啊。」

吳雯說：「乾爹，你可是答應我，貸款這件事情辦完之後，我就可以離開了，現在你的貸款已經拿到手了，也該是我離開的時候了。」

劉康說：「現在的問題是徐正不願意讓你離開，小雯啊，你是不是可以再待些日子，等我想辦法緩衝一下再離開好不好？」

吳雯堅決的搖了搖頭，說：「不行，我已經跟徐正攤牌了，多一分鐘我都不想再待下去了。」

劉康哀求說：「可是徐正剛剛跟我發火了，無論如何不肯同意讓你離開他，你就當再幫我一個忙，等徐正態度緩和了，你再離開行嗎？」

吳雯痛苦的說：「乾爹，我不是不想幫你這個忙，而是這個樣子下去，什麼時候是盡頭啊，我受不了了，成天都得假言歡笑的迎合徐正，我都感覺自己快要瘋了。我能幫你的都幫了，我沒辦法再留下來了。」

劉康看吳雯痛苦的樣子，知道強逼下去也不是個辦法，便說道：「要不這樣吧，小雯，我也不想看你這個痛苦的樣子，這樣好了，小雯，你先去北京放鬆一下心情，等心情好了再回來，行嗎？」

吳雯說：「乾爹，你何必這樣逼我呢？」

劉康無奈地說：「不是我要逼你，而是徐正不肯放手。就先這麼辦吧，我看看有沒有辦法將徐正的注意力轉移到別人身上。」

吳雯只好說：「好吧，你最好是能趕緊想出辦法來解決這件事情，我真的不想再見徐正了。」

劉康看了看吳雯，心想：看來她真是被那個什麼傅華灌了迷湯了，態度竟然變化這麼大，這個傅華真是該死，竟敢來壞我的事。

眼下當務之急，還是要如何跟徐正解釋這件事情，吳雯這個狀態顯然不適合再回到徐正身邊去了，如果強行將她留在徐正身邊，說不定會鬧出什麼事情來呢。吳雯和徐正之間的關係是不能見光的，如果鬧大了，曝了光，不但會危及徐正的地位，自己也會受到牽連的。

還是先退一步再說吧，想來徐正也不是沒有理智的人。

劉康轉頭來又去見了徐正，跟徐正說，他打算讓吳雯暫時去北京待一陣子。

徐正聽完後，不滿地說：「你怎麼敢放她走？難道你就一點不怕我嗎？」

劉康說：「我當然怕，可是我更怕你出事。吳雯眼下這個狀態，已經緊繃到一個極限了，你就是強行把她留在身邊，我想她也不會給你帶來什麼快樂的，反而會更怨恨你，一旦她走了極端，事情可能就不好收拾了。」

徐正想想也是，無奈地搖搖頭說：「我對她已經夠好的了，爲什麼她就是不能接受我呢？」

劉康不敢說吳雯心裏已經有了別人，他怕那樣更會節外生枝，便說道：「女人心海底針，我們男人是猜不透她們在想什麼的。」

徐正痛苦地說：「可是我真捨不得放她走。」

劉康說：「我並不是讓她真的離開你，只是想讓她去休息一下，好好想一想，到時候她就會回來的。」

徐正看了看劉康，不放心地說：「但是你能讓她再回來嗎？你能保證嗎？」

劉康笑說：「這麼個女人我再玩不轉，劉某人也不用在這社會上混了。」

徐正說：「好，我就看看你到底有沒有這個本事。」

兩人意見算是暫時達成了一致，徐正同意讓吳雯到北京去休息一段時間。第二天，吳雯就收拾了一下，離開了海川。

因爲有徐正爲鴻途集團出面，算是對得標CBD項目的建商們變相做了一個保證，建商們陸續開始墊資進場施工，CBD項目總算啓動了起來。

雖然項目是啓動起來了，可是建商們對鴻途集團並沒有就因此放心，他們的施工進度很慢，想再觀察事態的進展，不想前期投入太多，避免損失過大。

金達看到這種局面，心中難免有些著急，可是他知道，就算把情況反映給徐正，徐正也不會聽取他的意見的。反映給張琳吧，上次他已經把自己反對建CBD項目的意見反映給張琳了，可最後的結果，張琳還是支持了徐正。

他覺得張琳和徐正是沆瀣一氣的，反映了也是沒用，金達於是藉口要回家看看，跟徐正請了假就回了省城。

在回省城的第二天，金達去見了郭奎。

郭奎見了金達很高興，說：「秀才回來了，怎麼樣，在海川待得還順心嗎？」

金達搖搖頭，說：「不順心。」

郭奎笑了起來，說：「不會這麼快就碰得頭破血流了吧？」

金達說：「是，我很看不慣徐正同志的作風，根就是一言堂，什麼民主集中，集中倒是集中了，可完全集中在他自己的主張上，根本不民主。」

郭奎看了看金達，說：「好大的怨氣啊。好吧，跟我說說是怎麼回事。」

金達就講了兩次開會，徐正都不肯接受自己的意見以及CBD項目目前的狀況。

郭奎聽完，說：「就這些嗎？」

金達不平地說：「就這些還不夠嗎？CBD項目明顯是一個錯誤，可是徐正同志認爲這是一個大案子，可以成爲他的一項政績，就盲目的要去發展它。這是必須予以糾正的。郭書記，您應該批評一下徐正同志，讓他趕緊採取措施，改正錯誤。」

郭奎搖了搖頭，說：「這是你們市裏面的決策，何況現在也沒有什麼明顯的錯誤，我不能干涉。」

金達說：「這個項目根本沒有經過充分的論證就盲目上馬，徐正同志完全是獨斷專行，這還不夠錯誤的嗎？」

郭奎笑了起來，說：「秀才啊，你不要把書本上的東西直接就當成現實，徐正同志這麼做也是有他這麼做的道理的。作爲一個決策者，如果事事都去論證，怕是要耽擱很多事情的，現在這個社會，時機稍縱即逝，有些時候就是要當機立斷，決策者是要有這種素質的，所以難免會被下屬看作是獨斷專行，這也是沒辦法的事情。」

金達見郭奎這麼說，氣虛了很多，看來郭奎也是支持徐正的，他說：「可是，這樣做會產生很多問題，就像眼前這個CBD項目，因爲匆忙上馬，資金等一連串的配套都跟不上，開工都很困難，更別說前景並不看好了。」

郭奎笑了笑，他之所以欣賞金達，不光是因爲金達的頭腦，更是因爲金達這種認定了某種東西就敢於堅持的個性。現在官場上很少能見到這樣有個性的人了，大多時候，只要領導一有了看法，其他人就會隨聲附和，甚至領導還沒說出自己意見來的時候，他們就已察言觀色，揣摩了領導的意見，然後迎合著領導可能的意思去誇誇其談。

郭奎不想去打擊金達這種個性，他只是覺得金達做事的技巧尙顯不足，便笑了笑說：「這些問題可能確實存在，但我認爲徐正同志會有辦法處理的。我們不談他了，說說你吧。」

金達愣了一下，說：「我怎麼了？我沒做錯什麼啊？」

郭奎開導著說：「你的出發點是正確的，但是你採用的方法卻是錯誤的。你沒有搞清楚的一點是，市政府的常務會議不是你在省裏面開的政策研討會，你還沒搞清楚你現在所處的環境，秀才，你還沒有很好的進入副市長這個角色啊。」

金達有些被郭奎弄糊塗了，問說：「郭書記，我所做的，不就是一個副市長應該做的嗎？」

郭奎說：「你不明白，就像這個CBD項目，你有不同意見，可以私下跟徐正同志溝通嘛，你公開在會議上跟他唱反調，他會認爲你是在針對他，會覺得自己的權威受到了挑戰，因此否決你的意見也就在情理當中了。」

金達說：「那起碼也說明他沒有容人的雅量。」

郭奎笑了笑，說：「這不是雅量不雅量的問題，是一個領導的權威受到了挑戰的問題，如果他容忍下去，那他的權威就無法得到保障，他也就無法領導這個團體了。你要知道，很多時候，開會只是一個形式，在開會前，彼此已經私下對要研究的問題進行過溝通了。即使是重大決策，也是採取主要領導私下商量的方式，確定某種初步方案，來供與會人員進行決策的，是事先就達成了某種一致的。這一點就與做政策探討研究有很大的不同。」

金達聽了，說：「看來我沒有私下跟徐正同志溝通是錯誤的了？」

郭奎並沒有直接回答金達，而是說：「秀才啊，在下面工作跟在省裏工作是大大不同的，你認真想一想吧。」

金達沮喪地說：「原來這麼複雜啊。」

郭奎笑笑說：「這不比你以前做理論工作，多翻幾本書，做做調研，就可以把工作做好，這裏面需要很高的工作技巧。秀才啊，你如果想要在這上面有所作爲，遇事就多動動腦筋吧。」

金達心中對自己也是有很高期許的，便點了點頭：「我明白了，郭書記。」

傅華明顯感覺到再次出現在自己面前的吳雯有了很大的不同，籠罩在她身上的陰霾不見了，她變得陽光起來。

傅華笑說：「這次又回來散心了？」

吳雯心情愉快地說：「不是啦，我這次打算長住北京了。原本想回海川去闖出一番事業來，現在看來，那裡還真是不適合我，還不如我在北京過得舒服。」

「這麼說，你脫離你乾爹的控制了？」傅華問。

吳雯說：「也不算脫離了，我跟他還有聯繫，只是我不會再受他的操控了。」

「那你乾爹是什麼態度呢？」傅華又問。

吳雯說：「他想我在北京住一段時間再回海川，可是我已經下定決心，不會再回去了。」

雖然劉康只是同意她到北京來休息一段時間，可是吳雯離開了海川，就感覺自己像脫離了樊籠的飛鳥，再也不想回去受那種折磨了。

傅華擔心的說：「可以嗎？你乾爹會善罷甘休嗎？」

吳雯笑說：「我已經做了一些必要的準備工作，到時候就算他不肯善罷甘休，也是不行的。」

傅華知道吳雯十分幹練精明，看她這麼自信就放心了，便說：「那就好，能早一點脫離他們是好事情。」

吳雯說：「是啊，我現在覺得自由自在，從來沒有感覺像這樣輕鬆過。」

傅華關心地問道：「那你下一步打算做什麼？」

吳雯嫵媚的笑了起來，心情愉快起來，人更顯嬌豔，說：「做什麼我還沒考慮呢，我手頭的錢夠我生活一段時間的，再說吧。」

傅華笑著說：「那就慢慢來吧。中午我請你吃飯吧，慶祝你得到了新生。」

吳雯高興地說：「我們想到一塊去了，我本來就想找你一起吃飯慶祝的。」

這時，辦公室的門打開了，趙婷一頭闖了進來，口裏嚷著：「老公啊，看我買的這套衣服怎麼樣？」

傅華笑說：「小婷，有客人在。這位是我們海川市海雯置業的吳雯吳總，這位是我老婆趙婷。」

吳雯立刻站了起來，叫了一聲：「原來嫂子這麼漂亮啊。你好。」

趙婷把衣服放了下來，她對吳雯誇獎自己漂亮很得意，也對吳雯的美麗感到有些驚訝，笑著跟吳雯握手說：

「你好，吳總。老公，你們海川還有這樣的美人啊，真是想不到。」

吳雯笑笑說：「你過獎了。」

趙婷說：「沒有，你這樣的美女，連我這個女人看了都覺得心動，快坐，快坐。」

兩人一起坐了下來。

傅華看了看趙婷，說：「你怎麼過來了？」

趙婷說：「我去逛街買衣服，正好走到海川大廈附近，就上來看看你了。誒，我買的衣服好看嗎？」

傅華笑笑說：「好看，你買的衣服都很有品味。」

趙婷不屑的扁了一下嘴，說：「你連看都沒看就說好看，明顯是敷衍我。」

吳雯在一旁說：「我覺得挺好的，你確實很有眼光。」

趙婷笑說：「真的嗎，吳總也覺得好看嗎？」

吳雯說：「真的，真的很好看，你別叫我吳總了，叫我名字就好了。你那件衣服肩膀設計得很好看，我很喜歡。」

趙婷說：「對啊，我也是覺得肩膀的地方設計得很新穎……」

兩個女人說起衣服來就嘰嘰喳喳地沒完，倒把傅華晾在了一邊。

看看到了吃飯時間，傅華提醒說：「喂，兩位女士，到吃飯時間了，你們是不是去飯桌上接著聊啊？」

吳雯和趙婷一聽都笑了起來。

趙婷說：「你這麼一說，我還真餓了，走，我們去吃飯吧。」

三人便在海川大廈的餐廳吃了午飯，席間吳雯和趙婷聊得十分開心，吳雯對穿衣服也有獨到之處，和趙婷很能聊到一塊去。

這頓飯吃下來，兩人竟然成了朋友，趙婷知道吳雯要常住北京之後，更跟她交換了電話，要跟她相約一起出來逛街買衣服。

徐正失去了跟吳雯的所有聯繫，手機打不通了，吳雯也再沒打過電話給他，甚至當初吳雯離開海川，連個告別也沒說。似乎前段時間兩人之間的卿卿我我只是一場幻夢，根本就沒發生過一樣。

徐正不得不佩服這個女人的心硬，所謂一日夫妻百日恩，她多少也跟自己相處了幾十個夜晚了，怎麼可以這麼決絕的說斷了聯繫就斷了聯繫呢？

徐正每天都過得很是無味，開始思念起吳雯的好處。每每勞頓了一天，只要晚上去吳雯那裏跟她顛鸞倒鳳一番，一切的勞累和煩躁就無影無蹤了。可現在每日對著妻子已經不再年輕的軀體，他感覺就像面對一段枯木一樣索然無味。

劉康爲了幫徐正排遣寂寞，也曾經安排給他幾個絕色的美女，可是這些美女雖然外貌看上去也是千嬌百媚，可是真正相處起來，卻只是徒有其表，跟吳雯相比，簡直是天壤之別。

徐正這時理解爲什麼當初吳三桂要衝冠一怒爲紅顏了，有時候這個紅顏就是不可替代的，是值得男人付出極大的代價去爭取的。

徐正迫切地想要吳雯回到自己身邊，可是劉康那邊卻毫無聲息，也不知道吳雯離開了這麼長時間，心情有沒有變得好一點。

徐正想要打電話給劉康，可算算時間，吳雯才離開半個多月，自己這麼短的時間就熬不住了，也夠沒出息的，徐正不想讓劉康看笑話，便壓住了對吳雯的思念，暫時打消了打電話給劉康的念頭。反正劉康向自己保證過，吳雯去北京散散心就會回來了，何妨耐心一點。

已經快十點了，今天沒什麼應酬的傅華正準備要睡覺，忽然接到了賈昊的電話，說讓他去酒吧陪他喝酒。

傅華還是第一次在這麼晚被賈昊約出來喝酒，這似乎與賈昊的風格並不相符，賈昊這個人行事風格嚴謹，自律甚嚴，很少見他有放縱自己的時候。

傅華感覺有些不對勁，便問道：「師兄啊，你怎麼了？」

賈昊說：「什麼怎麼了，我就是突然好煩，想找個人一起喝喝酒。怎麼，趙婷不放你出來嗎，你讓她接電話。」

一旁的趙婷聽到了賈昊的話，便衝著話筒喊道：「師兄，我可沒不放他，你去吧，好好陪陪師兄。」

賈昊聽了說：「弟妹啊，謝謝啦。傅華，我在後海的『那裡』酒吧等你。」

傅華就開車去了後海。月亮高懸，光線曖昧，一陣幽幽的二胡聲從湖上的遊船裏飄蕩過來，給寧靜的後海增添了小資的情調。

傅華找到了「那裡」酒吧，「那裡」位於後海附近的帽兒胡同。這條胡同很著名，胡同裏有很多名人的故居，還有國家話劇院等。

傅華還是第一次踏進這個酒吧，進門一看，牆壁上掛著一些大幅的照片，美輪美奐，主要以黑白藝術照片爲主。看來這是一家以攝影爲主題的酒吧。

賈昊看到了傅華，招手讓他過去。

傅華走了過去，見賈昊臉色泛紅，似乎已經喝了幾杯了。

傅華不禁問道：「師兄，究竟怎麼了？你可是第一次這麼晚找我出來喝酒啊。」

賈昊說：「坐，先坐，點喝的。」

傅華拿起了酒單，隨便點了杯酒，侍者很快就送了過來。他品著酒，看著四周，沒再跟賈昊說什麼，他覺得賈昊既然不想跟他談出了什麼事，那他最好不要去問。

兩人就這麼靜靜的喝酒，這兒並不喧鬧，只有悅耳的音樂靜靜流淌在空間裏。過了一會兒，賈昊嘆了口氣，說：「小師弟啊，唉。」

傅華心說：你這傢伙總算開口了，便問道：「師兄，出什麼事情了？」

賈昊又嘆道：「這女人啊，哎。」

傅華猜測是賈昊跟文巧之間出了什麼問題，這讓他很是意外。

文巧和賈昊，一個是明星，一個是高官，社會上把這二者聯繫起來，往往都會認爲是明星在傍高官，或者是高官在玩明星，這是社會大眾一種陰暗的心理。

其實也難怪人們會這麼想，在曝光出來的一些弊案當中，甚至有人爲了收買官員，故意找官員喜歡的明星拍戲，然後讓明星去陪官員睡覺。在這個利益當前的社會，賄買官員已經是無所不用其極了。

但是，傅華知道賈昊和文巧之間卻不是這樣子的，兩個人是互相欣賞的。賈昊雖然離過婚，可並不代表他不專情，他是傅華見過私生活極其檢點的一個人，從他們認識的那一天起，賈昊的身邊就只出現過文巧這一個女人。

傅華看了看賈昊，說：「師兄啊，你跟文巧鬧彆扭了？」

賈昊苦笑了一下：「鬧彆扭?!比那嚴重得多，我們分手了。」

傅華更加驚訝，上一次去看話劇的時候，兩人在一起還卿卿我我的，十分親熱，想不到轉眼之間竟然鬧到了分手的地步。

傅華問道：「爲什麼啊？上一次見你們不是好好的嗎？不能挽回了嗎？」

賈昊搖了搖頭，說：「挽回什麼，文巧去意已決，挽回不了了。」

傅華看賈昊一臉痛苦的樣子，猜說：「是文巧有了新歡了？」

賈昊說：「你別這麼說，文巧不是那樣的人。」

分手不出惡語，賈昊也算是一個君子了，只是傅華仍然弄不清他們之間究竟發生了什麼事，一頭霧水。

傅華說：「那究竟是怎麼回事啊，你別自己悶在心裏，說來聽聽吧。」

賈昊嘆說：「唉，我這個人從小到現在，其他方面都順風順水，但是感情之路卻是坎坷無比。這次我本來以爲文巧會跟我結婚的，可我們之間夾著一個孩子，孩子一直無法接受文巧，我也不能不顧孩子的感受。文巧跟我耗了這麼長時間，感情都耗沒了。今天她跟我說，我們還是只做普通朋友吧，就這樣分手了。」

傅華惋惜地說：「師兄，你怎麼就這樣跟她分手了呢？這件事不是我說你，是你的不對，文巧跟你也有幾年了，這樣分手你不覺得可惜嗎？」

賈昊嘆了口氣，說：「我也沒辦法，我是兩難啊。」

傅華說：「你可以好好跟孩子溝通溝通啊，爲什麼他就不喜歡文巧呢？」

賈昊說：「我做過許多次的溝通了，可是沒有用，我也不想逼他，孩子因爲我和他媽離婚，已經受過一次傷害了，我不想再傷害他一次。」

傅華看了看賈昊，這算是一個至情至性的男人了，便伸手去拍了拍賈昊的肩膀，說：「師兄，人有些時候確實是左右爲難，你也別難過了，文巧離開了，還有別的機會嘛。」

賈昊嘆了一口氣，說：「算了吧，爲了孩子，我暫時不想再找了。來，不說這些傷心事了，喝酒。」

這時候，傅華也想不出什麼說辭可以安慰賈昊，只好陪著賈昊喝酒。賈昊心裏不痛快，酒喝得很快，不久就酩酊大醉了。

傅華費了好大的勁才將賈昊送回家，等他安頓好賈昊回到家，已經是凌晨三點了。

傅華匆忙小睡了一會兒就爬了起來，今天市委書記張琳要來北京開會，他還要趕到機場去迎接他。

在機場，張琳看到一臉倦意、強打精神的傅華，便說：「傅華，你怎麼這個樣子呢？有人說你們駐京辦成天笙歌燕舞、花天酒地的，傅華，你可要注意啊，不要只顧著享受，忘記了你們應該幹什麼。」

傅華心裏暗自苦笑，賈昊鬧失戀拖著自己陪他喝酒，這可不是什麼享受的事情，可是這些事也無法跟張琳一一去解釋，只好笑笑說：「我會謹記您的指示的。」

傅華將張琳接到了海川大廈，安排他住下，張琳的會議是下午召開，上午便在房間裏休息。

中午，傅華陪張琳簡單的吃了午飯，然後送他到了會場。晚上，會議結束後，傅華、林東和羅雨一起又陪張琳吃飯。

傅華下午小睡了一會兒，精神已經好了很多，張琳對他這個狀況還算看得過去，也就沒再表現出什麼責備的意思。

傅華要敬張琳酒，被張琳否決了，說：「好啦，我成天都在酒桌上轉，喝來喝去實在沒意思，我們就隨便吃點飯好了。」

於是傅華、林東和羅雨就陪著張琳邊吃邊聊，傅華昨晚喝得也不少，此刻胃還有些不舒服，倒也樂得不鬧酒。

聊著聊著，張琳突然問羅雨說：「小羅啊，我記得那個鴻途集團是你聯繫拉到海川去的，究竟你是怎麼聯繫上的啊？」

羅雨愣了一下，張琳突然問這個，一定不會沒有原因，他跟海川市內的官員也有聯繫，對前段時間發生在海川的事情很清楚，知道鴻途集團前段時間遲遲不能開工，鬧得海川市的輿論沸沸揚揚，看來張琳對這件事情也有些懷疑了。

羅雨便解釋說：「是這樣的，我有一個朋友是西江省招商局主任，我從他那裏得到的訊息，就想辦法去認識了錢兵錢先生，後來我還和傅主任去西江省實地考察了一番，才將他帶到海川市的。」

羅雨特意強調了傅華跟他去西江省實地考察過，他這是心虛了，他的意思是，就算有責任，也不應該是他自己一人承擔的。

傅華聽張琳問起鴻途集團，心裏也有些疑問，難道這個鴻途集團真的出什麼問題了嗎？傅華看了看張琳的臉色，見張琳面色如常，倒也看不出什麼來。

聽完羅雨的彙報，張琳稱讚說：「不錯，看來駐京辦的同志工作十分有主動性，值得表揚。」

羅雨鬆了口氣，原來張琳只是隨口瞭解一下情況啊，並不是鴻途集團出了什麼事情。

由於沒怎麼喝酒，晚宴結束得很快，傅華和林東他們就提出告辭，讓張琳早點休息。

張琳看了看傅華，說：「傅主任，你晚上還有什麼事情嗎？」

傅華搖搖頭，說：「沒有。」

張琳說：「那你就先不要走，陪我喝一會兒茶吧。」

林東和羅雨就告辭離開，傅華跟著張琳去了他下榻的房間，孔慶給他們泡上了茶，就退了出去。

張琳看著傅華問道：「小傅，你晚上真的沒有應酬？」

傅華連忙搖搖頭，說：「真的沒有，昨晚是一個朋友出了點私事，非拖我去陪他喝酒，我推辭不過才去的，沒想到他最後醉得一塌糊塗，鬧到很晚才回家。」

傅華這是在跟張琳解釋爲什麼他上午接機的時候會看起來那麼疲憊。

張琳聽了，說：「什麼朋友啊？」

傅華說：「我大學裏的一個師兄，叫賈昊，在證監會工作。」

張琳說：「哦，是他啊。」

張琳聽說過天和房地產上市的情況，因此對賈昊並不陌生。

張琳說著，端起茶杯，笑笑說：「朋友遇到這種事情也是沒辦法，來，嘗嘗我帶來的龍井茶。」

玻璃杯中，龍井茶茶葉綠油油的，一個個都是茶葉芽尖，聞上去一股清香，還沒喝便知道這一定是好茶。

兩人各自喝了一口，張琳放下了茶杯，說：「小傅啊，我上午在機場說你，並不是要故意責備你，我是給你提個醒，不要覺得駐京辦連續做了幾件露臉的事，就天下太平了。」

傅華點點頭，說：「張書記您提醒得對，我會銘記在心的。」

張琳說：「你知道就好。對了，這一次引進鴻途集團，你沒感覺到什麼不對勁嗎？」

張琳再次提起了鴻途集團，看來張琳對鴻途集團也產生了懷疑。

傅華想了想，說：「我上次跟您彙報過我對鴻途集團和CBD項目的看法了，怎麼了，鴻途集團出了什麼問題了嗎？」

張琳說：「現在市裏面對鴻途集團和CBD項目議論紛紛，很多幹部和群眾都說這個鴻途集團是個皮包公司，我們上了他們的當了。小傅啊，你看問題向來很透澈，你真的不覺得鴻途集團有什麼問題嗎？」

傅華說：「我私下是有所懷疑，可是問了小羅後，又覺得我的懷疑似乎不成立。」

張琳說：「什麼懷疑？說出來聽聽。」

來。

傅華便把自己懷疑鴻途集團以ＣＢＤ項目做幌子，目的是想要騙錢的想法說了出

第九章

夢魘之地

徐正覺得自己從來沒這麼倒楣過，如果自己在這件事情中得到過什麼好處，
被人這麼埋怨還說得過去，偏偏這件事情他什麼好處都沒撈到，
卻造成比之前問題更大的惡劣影響。
徐正覺得海川簡直是自己的夢魘之地。

張琳聽了後，說：「這很有可能啊，目前鴻途集團在海川的表現，越來越有這種傾向了。那個小羅是引進這個項目的人，他肯定是要爲這個項目辯護的，他的說法不一定可信。」

傅華爲羅雨辯解說：「也不是啦，他跟我說鴻途集團在西江省和其他市都有大建案，這些項目都是在跟當地政府合作，沒道理說這些政府官員都看不出是騙局，所以我又覺得我的懷疑似乎不成立。」

張琳說：「你不要把我們的官員都看的那麼精明，也許他們搞政治鬥爭一個個都精明到家，可做生意他們大多是外行，真正懂經濟的沒幾個，他們的判斷不能做準的。」

張琳這麼說，似乎把徐正也罵到了，這還是張琳第一次在傅華面前隱喻的批評徐正。

傅華說：「如果錢兵真是一個騙子，那別的地方政府可能就都受了騙，這似乎很難令人相信。」

張琳搖了搖頭，說：「也不是沒有可能的，認真分析起來，可能錢兵在別地的操作手法是一致的，先騙取政府的合作，聯合搞一個大項目，然後以政府的名義誘騙他人上當。」

傅華認同地說：「張書記，您的想法跟我一致，我也這麼懷疑過。」

張琳的面色沉了下去，他意識到了事態的嚴重性，如果這個錢兵真被證實是騙子，那就是海川政壇一個莫大的笑話，海川市政府將會成爲海川市民的笑柄。

傅華見張琳不說話，也不敢說什麼，拿起面前的茶杯喝起茶來。

過了一會兒，張琳說：「如果真是這樣，問題就嚴重了，現在徐正同志還一味的要維護這個項目，卻不知道這很可能是一個陷阱。這個小羅怎麼引進了這麼一個麻煩進來呢？」

傅華不想讓責任由羅雨一個人承擔，那樣對羅雨將是一個十分沉重的打擊，便說道：「張書記，如果這個鴻途集團真有問題，我也有責任的，當初是我和羅雨一起實地考察的，我那時也認爲是沒有問題的。」

張琳聽傅華這麼說，忍不住說：「傅華，你真是謙謙君子啊，你沒聽剛才在吃飯的時候，羅雨把你一起搬了出來嗎？他已經在拖你下水了。」

傅華說：「不管怎樣，我是有責任的，他說的也是事實啊。」

張琳說：「好啦，現在先不要討論是誰的責任了，現在的問題是下一步要如何應對。」

傅華說：「張書記，您能不能在側面提醒一下徐正市長啊？」

張琳搖了搖頭，說：「我們這位徐正同志啊，很是剛愎自用的，這件事我已經提醒過他一次了，他爲了維護CBD項目，差一點就跟我吵了起來，前幾天因爲這個項目，還跟副市長金達起過爭執，最後鬧得金達跑到省裏跟郭書記告狀。雖然當時郭書記批評了金達同志，可是也認爲這個鴻途集團可能有些問題，就打電話給我，讓我適當的關注一下，不要讓徐正同志犯盲目追求政績的錯誤。」

傅華著急說：「那怎麼辦呢？我還是覺得應該再適時的提醒一下徐市長，讓他意識到鴻途集團有問題，可能有助於解決現狀。」

張琳爲難地說：「小傅啊，我們私下說，我認爲徐正同志現在有些騎虎難下，他爲了這個項目，已經拆除了兩棟新建的大廈，幾千萬就這樣化爲烏有，這個責任不小，就算是鴻途集團真是騙子，他可能也是不肯承認的。最近他還參加了鴻途集團宴請得標建商的宴會，在宴會上口口聲聲都在爲鴻途集團辯護，一再聲稱鴻途集團很有經濟實力，用海川市政府的權力逼迫建商們進場施工。」

傅華說：「這個我聽說了，天和房地產的丁益跟我說過這件事情，他父親丁江在宴會上被徐市長點名，要他表態何時進場施工，丁江無奈只好答應。不過他們進場之後，發現苗頭還是不太對，因此並不敢投入太多，怕損失太大，現在也是在一種消極怠工的狀態。」

張琳說：「這些商人們是最敏感的，他們覺得有問題，大概就真是有問題了。」

傅華說：「張書記，這麼坐等下去也不是個辦法，您看能不能再查一查鴻途集團，看看那個錢兵究竟是個什麼樣的角色。」

張琳想了想，說：「是應該調查一下，回頭我私下跟市公安局談一下，讓他們想辦法摸摸錢兵的底。不過，這件事情由於牽涉到徐正同志，不便公開，你千萬不要跟別人講。」

傅華說：「我明白。」

張琳看了看傅華，說：「小傅啊，這些天我一直在考慮一個問題，把你放在駐京辦是不是有些屈才了？你有沒有想過回市裏面工作啊？」

傅華愣了一下，他沒想到張琳會突然提出這個問題，便說：「張書記，您認爲我駐京辦工作做得不好嗎？」

張琳說：「我不是那個意思，是我覺得以你的才華放在駐京辦有點太浪費了，你應該有更大的舞臺。而且你也清楚，你在駐京辦，徐正同志對你處處掣肘，也不利於你工作的開展。」

傅華看了看張琳，說：「是不是徐市長又說了些什麼？」

張琳說：「他倒沒說你的壞話，他只是把你好好表揚了一番，然後說想要調你去招商局當局長。」

傅華馬上就明白了徐正的企圖，他是想借提升自己逼自己離開駐京辦，真是太陰險了，張琳又問自己是否想回市裏面工作，是不是他們兩人達成共識了？

「張書記，我想我是怎麼到駐京辦的，您是應該知道的，如果上面非要我回海川市工作，那沒辦法，我只有辭職了。」

張琳看看傅華，笑說：「你不用這麼著急嘛，我只是問問而已。當時徐正同志跟我提這件事情的時候，我馬上就否定了他的提議，我想你也是不會願意回海川的。不過，他這個提議雖然出發點不單純，卻不是沒有道理的，你在駐京辦確實有些屈才了，因此我才想要問問你自己的意見。」

「張書記您高看我了，實際上，我除了在駐京辦這個位置上能發揮點作用之外，在其他崗位上並不會有什麼大作爲的。再說，我也不適合太過於複雜的工作的。」

張琳失望的嘆了口氣，說：「小傅啊，你是能有更大發展的，爲什麼非要把自己限定在駐京辦這個位置上呢？」

傅華笑說：「張書記，起碼在現階段，我沒有什麼其他的想法。」

張琳說：「好吧，你既然這麼想，我也不想逼你。不過，我也要提醒你，不要以爲駐京辦這個地方就簡單，這裏也複雜得很。」

張琳似乎若有所指，傅華猜測他是在說羅雨，既然徐正已經在張琳面前建議讓自己去做什麼招商局長，那徐正肯定是有了繼任人選，而這個人選八成是羅雨。

他笑了笑說：「我明白，我還應付得過來。」

傅華和張琳在談話的時候，另一場談話也在進行中，談話的兩個人是徐正和羅雨。羅雨回到宿舍，就撥通了徐正的電話，彙報在北京的情況。

徐正聽完，問道：「小羅啊，你是說張琳同志特別問你鴻途集團的情況來著？」

羅雨說：「是啊，張書記問我是怎麼聯繫上鴻途集團的，不過我說了之後，他並沒有進一步的指示。」

徐正沉吟了半天，這才說道：「看來張書記對鴻途集團可能有些看法了。小羅啊，我也一直想要問你，這個鴻途集團究竟是怎麼回事啊？怎麼聲稱要投資四十八億建ＣＢＤ，現在卻一分錢也拿不出來？」

羅雨心裏害怕的就是這個，慌亂了一下，連忙說道：「徐市長，這個問題我也搞不清楚，不過我和傅主任一起去實地考察過，當時鴻途集團在西江省的項目可是貨真價實的，我和傅主任都認爲他們是可靠的。」

徐正聽羅雨這麼說，便知道他是心虛了，似乎也意識到鴻途集團有些靠不住，不然的話，也不會拖著傅華出來墊背。

徐正心裏暗罵羅雨不是個東西，搞了這麼一個連自己都無法確認可靠不可靠的財團回來，還害得自己也跟著他上了惡當。不過這傢伙雖然壞，對自己還算忠心，目前還用得到他，徐正暫時還不想收拾他，也騰不出手來收拾他。

徐正意識到，雖然這一次海川市裏對鴻途集團的CBD項目議論紛紛，可張琳並沒有當面問自己有關鴻途集團的事，卻跑到北京去問羅雨，還把傅華留下單獨交談，顯見對自己已經有了不信任感。

他留下傅華單獨談話，肯定是要落實鴻途集團的真實情況的，張琳是想在鴻途集團這方面做自己的文章啊。

徐正心裏頓時抽緊了，這傢伙夠陰險的，表面上不聲不響，暗地裏卻小動作不斷，要趕緊想辦法彌補鴻途集團可能產生的惡劣後果了。

徐正有了一種危機感，他省裏面的朋友私下跟他透露，金達這一次回家，專門去見了郭奎，兩人談什麼內容不得而知，可是徐正猜測，金達肯定是去反映CBD項目的問題去了。

雖然郭奎並沒有在這之後公開表達過對海川市CBD項目的什麼意見，同時金達從省裏回來後，行爲也收斂了很多，可是這並不代表危險已經過去。目前之所以還風平浪靜，是因爲CBD項目的問題還沒有暴露出來，一旦暴露，等待自己的將是一場極大的政治災難。

徐正說：「小羅啊，我猜想張琳同志是跟傅華在落實情況，你自己小心些，多注意一下傅華的動態，多跟我彙報，防止他在背後做什麼小動作，知道嗎？」

羅雨答應了一聲，徐正就掛了電話。

第二天一早，徐正就把李濤找了過來，說：「老李啊，鴻途集團這邊，我們恐怕要做一些其他的準備了。」

原來徐正接完羅雨的電話，想了一晚，越想越覺得鴻途集團靠不住，眼下張琳已經察覺其中有問題，再想要遮掩，似乎也遮掩不過去了。

李濤說：「是啊，徐市長，我也正想跟您談談這個問題，天和房地產的丁江找過我幾次，他們始終感覺鴻途集團不對勁，想要我跟您說說，要小心，不要上當受騙。」

徐正不想跟李濤說他早就有這種感覺了，也不想提他是因爲張琳已經開始插手這件事情才會要李濤做兩手準備，因此說：「老丁這個提醒很及時，我也是因爲別的同志跟我反映，這個鴻途集團越來越不像話了，所以才有些警覺的。」

李濤看了看徐正，說：「那徐市長您說，我們下一步要怎麼做？」

徐正說：「眼看鴻途集團這個ＣＢＤ難以爲繼，我也不想再去逼那些建商們了，你跟老丁說，他們要怎麼做，自己根據實際情況定奪，不需要再考慮市政府這方面的因素了。」

徐正基本上已經瞭解現在CBD項目的進展情況，知道這些建商們雖然迫於市政府的壓力進場施工，卻都在消極怠工，而鴻途集團仍然一點要拿出錢來的跡象都沒有，看來停工是遲早的事。這時候如果再不當機立斷，讓建商們以爲市政府還是跟鴻途集團站在一起，是很不明智的，還不如早一點撇清，讓建商們自行決定是否繼續施工，起碼可以減少一定的損失，也避免將來他們追究市政府的責任。

李濤聽了說：「我回頭就跟丁江說一聲。只是這樣一說，建商們沒有了壓力，他們肯定會停工的。」

徐正苦笑了一下，說：「我知道，可是如果不這樣，造成的損失會更大，那時候我們市政府就更不好交代了。同時，這樣也可以逼一逼鴻途集團，如果他們真的有實力，這時候應該會拿出錢來的。」

雖然徐正已經猜到鴻途集團很可能是個空殼公司，可是他仍然心存一絲幻想，幻想也許鴻途集團真是一時資金緊張，逼一逼他們，也許馬上就會拿出錢來了。

李濤又問：「如果他們到時候還是拿不出錢來呢？」

徐正想了想說：「如果還是拿不出錢來，那就說明鴻途集團真的是一個空殼公司，那只好讓他們退出這個項目了。」

即使到這個時候，徐正還不想承認自己是被騙了，不想懲治錢兵這個騙子。

這倒不是他度量大了起來，可以原諒錢兵欺騙他的行爲，而是因爲如果真把錢兵抓起來，他受騙的事情就會被公諸於眾，就算他可以保住市長的寶座，對他來說也是一個奇恥大辱，他將會成爲一個大笑話，他的仕途發展也就到了終點。

李濤說：「可是鴻途集團如果退出這個項目，那個地方又會成爲一個爛攤子，我們還是不好交代啊。」

徐正無奈地說：「那只好早點找人接手，我們現在就要開始尋找能接手這個地塊的公司。」

李濤嘆了口氣，說：「這塊地塊還真是命運多舛啊，前後幾個開發商都沒把這個地塊救活。」

徐正說：「哎呀，老李，你就不要發什麼感慨了，還是趕緊找到開發商，先解決這個令人頭痛的事情吧。」

李濤嘆道：「唉，現在也只好頭痛醫頭，腳痛醫腳了。」

徐正交代說：「這件事情也不要太張揚了，小心被別有用心的人大做文章。」

李濤說：「我知道了。」

李濤就將徐正的意思通知了丁江，既然徐正都鬆了口，丁江也就沒有必要再做樣子給別人看了，天和房地產馬上就停了工。

天和房地產是海川市建築業的領頭企業，天和房地產都停工了，其他建商們自然很快就跟著停工，CBD項目工地又歇業了。

錢兵看到這個狀況，有些急了，如果工地不再施工，他的佈局就沒辦法繼續下去了。這就好像倒下的第一塊骨牌，將會對他所有正在進行的佈局產生一個連鎖效應，可能導致他構建的這個王國徹底的崩塌。

錢兵有些擔心，他打電話給徐正，要求跟徐正見面。徐正也正想跟錢兵徹底的攤開來談，看這個錢兵究竟是一個什麼樣的角色，兩人便約好了見面時間。

錢兵一進徐正的辦公室，就叫嚷道：

「徐市長，你們海川市這些建商們真是太沒信譽了，現在幹著幹著又都停工了，他們這是什麼意思啊？不想做不要參加競標啊，得了標又不好好施工，我可真是被他們害慘了，這樣子下去，我怎麼去招商啊，我的損失大了去了。」

徐正說：「錢先生，你先別把責任都推到建商身上，你先想想你們鴻途集團是否有責任好不好？」

錢兵看徐正態度有了大轉向，矛頭完全是針對鴻途集團來的，不由得愣了一下，他隱約感到形勢發生了很大的變化。

錢兵看了看徐正，說：「徐市長，我不明白你這是什麼意思，我想我們鴻途集團已經履行了我們應盡的義務，我們沒有責任。」

徐正笑了起來，說：「錢先生，根據我向建商們瞭解的情況，你們鴻途集團到目前為止，根本就沒拿出一分錢來進行項目建設，我不知道你所謂的投資四十八億從何而來，起碼現在沒有這樣的跡象。」

錢兵笑笑說：「徐市長，我上次不是跟你解釋過了嗎，西江省的項目出了點問題，我們公司的資金鏈現在有些緊張，暫時無法調錢進來。」

徐正說：「那就是你們的問題了，我不相信你們進行這麼大的項目，會不先預備一點籌備資金，這是不合邏輯的。」

錢兵說：「那徐市長的意思是，不想管建商們停工這件事了嗎？」

徐正冷冷地說：「我們不能對企業干涉的太多，上一次我幫你讓建商們開工，已經讓他們對市政府意見很大，我不能再去要求他們做什麼了。並且，我認為問題的關鍵不在建商身上，而是你們鴻途集團，你們如果拿出錢來，我想他們肯定會復工的。」

錢兵生氣地說：「既然徐市長是這個態度，那就當我錢某人今天沒有來過。」

錢兵轉身就作勢要離開徐正的辦公室，想看看徐正是否留他，卻見徐正絲毫沒加理會，連說一句「不送」都沒有，錢兵沒辦法再留下去，只好灰溜溜的離開了。

ＣＢＤ項目就這樣停在那裏了，海川市輿論大嘩，紛紛議論市政府上了鴻途集團的惡當，被鴻途集團騙得什麼補償都沒拿到就拆去了兩棟新樓；這樣還不算，還跟鴻途集團這樣一個皮包公司簽訂什麼合作協議，被一個騙子耍得團團轉，真是笑話。

人們說什麼的都有，徐正此時是啞巴吃黃連，有苦說不出，他無法向社會大眾解釋，只能督促各方力量儘快尋找能接替鴻途集團的公司，只要能找到這樣的公司，他就可以趕緊把鴻途集團趕走。

徐正覺得自己從來沒這麼倒楣過，如果自己在這件事情中得到過什麼好處，被人這麼埋怨還說得過去，起碼那是自己一手造成的；偏偏這件事情他什麼好處都沒撈到，只是爲了解決百合集團遺留下的問題，結果卻造成比之前問題更大的惡劣影響，心中真是夠窩火的了。徐正覺得海川簡直是自己的夢魘之地。

徐正看了看自己的辦公室，有些地方已經顯得有些陳舊了，他知道官場上很多人都忌諱使用出了事的前任官員留下的辦公室和陳設物，偏偏他當初來海川的時候，想要給海川市民留下他是一個好市長的印象，所以並沒有提出更換辦公室和室內陳設物品的要求，全盤接收了曲煒的東西。

真是不應該啊，眼下這坐困愁城的局面看來跟這間辦公室有很大的關係，是不是想辦法改變一下？

原本不迷信的徐正被這一連串的事件打擊得開始沒有自信了起來。最關鍵的是，他急於想找出走出眼前困局的辦法來，也許改變一下現在辦公室的風水是見效最快的辦法了。

可是徐正也明白，目前的情勢是不適合幹這件事情的，他現在的一舉一動都會被外面的人做負面的解釋，如果他在這時候對辦公室大動手腳或者更換辦公室，外面的人一定會說他把倒楣都怪罪在辦公室的風水上，因此才會對辦公室進行改造。

因此徐正目前也只能強撐著，強撐到時運轉換的那一天。

張琳在會議結束後的第二天就返回了海川，一回來，就把海川市公安局局長向斌找了過來。

張琳和向斌的私人關係很不錯，兩人在張琳還擔任海川市委副書記的時候就相處得很好，所以一進門，向斌就說：「張書記，找我來有什麼好事嗎？」

張琳笑說：「老向啊，我找你非得給你什麼好處嗎？」

向斌開玩笑說：「那是，現在這個社會，沒好處誰給你辦事啊。」

張琳說：「去去，別嬉皮笑臉的，你坐下，我有事要交給你辦。」

向斌看了看張琳，問說：「什麼事情這麼嚴肅啊？」

張琳說：「最近鴻途集團建CBD的事情，你都聽說了吧？」

向斌說：「誰能不聽說啊，連拆兩棟新建的大廈，你不想聽說都難。」

張琳說：「我現在看這鴻途集團做事的風格有些詭異，不像一家真正有實力的公司，我今天找你來，就是想你去摸一摸他們的底。」

向斌愣了一下，說：「你讓我查鴻途集團的底？這件事徐正市長知道嗎？」

張琳搖搖頭，說：「我沒跟徐正同志說過這件事情，徐正同志現在對這個CBD項目極為維護，我想他肯定不願意讓你去查的，我如果跟他說這件事情，他會對我有意見的。可是我又不能坐視徐正同志上當而不管，所以這件事情你給我秘密進行，低調一點，知道嗎？」

向斌笑說：「這點我還能做到。」

張琳說：「發現什麼單獨跟我彙報，這件事情越快進行越好，知道嗎？」

向斌點點頭說：「我知道了，回去我就馬上安排人著手進行。」

張琳又交代說：「你給我辦俐落點，不要事情沒辦成，人卻給我得罪了。」

向斌說：「好啦，我辦事什麼時候不俐落了。」

張琳說：「那趕緊去吧。」

也許是物極必反，也許是時來運轉，一個突如其來的好消息，讓徐正一下子看到了解決鴻途集團ＣＢＤ項目的曙光。

這個好消息是李濤帶給他的，李濤說，他一個同學突然從北京給他打電話，想來考察一下海川，他們集團有意在二三線城市發展，第一目標就是一些沿海經濟較發達的城市，海川自然就進入了他們公司的視野。

徐正問道：「是什麼公司啊？」

徐正已經被百合集團和鴻途集團這樣實力不足的集團公司給弄怕了，因此聽到這個消息並不是太興奮，很怕搞不好又是一家來騙錢的公司。

李濤說：「是金石房地產集團公司，徐市長應該知道這家公司吧？」

金石房地產公司是目前國內數一數二的房地產公司，算是一家鼎鼎有名的公司，董事長金戈在行內是出了名的作風穩健，憑藉最近幾年房地產大發的勢頭，把金石房地產集團搞得風生水起，每年的銷售額都達幾百億。

徐正驚喜的問道：「是金戈的那個金石房地產集團？」

李濤笑說：「還有第二個金石房地產集團公司嗎？」

徐正說：「那真是太好了，老李啊，你同學在集團裏面做什麼？」

李濤說：「他叫董利，是金戈的副手，集團的副總。以前我曾經問過他有沒有意思到我們海川來發展房地產，可當時他們公司主攻一線城市，來海川與他們公司的整體戰略不符，所以就沒過來。現在金戈一提出要在二三線城市佈局，他馬上就把我們海川市給提出來了，海川是國內著名的避暑勝地，金戈也知道這個地方，又聽說董利有我這個老同學在這裏做副市長，因此十分感興趣，馬上就安排董利過來考察。」

徐正心說這是老天可憐我啊，在這個關鍵時刻派了這個董利來拯救我，便激動的說：「老李啊，這個機會難得，我們一定要把金石房地產集團留在海川，你趕緊安排接待你同學吧，記住，重點安排他們去看一下鴻途集團CBD項目那個地塊，最好是讓金石房地產集團把那個項目給接下來。」

李濤說：「我已經把這個地塊的情況大體跟董利說了一下，他聽說這個地塊位於海川市的黃金地帶，十分的感興趣，說他們公司拿地向來都是選擇城市的黃金地帶，這個地塊很符合他們的要求，他會重點考察這個地方的。」

這又是一個令人驚喜的消息，徐正相信只要處置得當，一定可以讓金石房地產集團把這個地塊接手過去的。

他笑著說：「這簡直是太好了，一定要確保讓他們接下這個地塊，政策方面我們可以給予適當的優惠。誒，董利什麼時間來，我要去機場接他。」

李濤笑說：「徐市長，對董利不用這麼高規格的，如果你去機場接他，那金戈過來的時候怎麼辦？」

徐正聽了，笑說：「我有些太急切了，都是被鴻途集團那幫傢伙鬧得。」

李濤笑笑說：「董利由我去接就好了，放心吧，我對這個老同學很熟悉，知道他喜歡什麼，一定會安排好他的。」

徐正說：「行，老李，那你就去安排吧。」

第二天，李濤在機場接到了董利。董利跟李濤寒暄之後，也不去賓館，直接就讓李濤帶他去電話裏說過的那個地塊。李濤就帶著他去了ＣＢＤ項目的現場。

董利圍著地塊轉了好幾圈後，表示這個地塊很不錯，符合他們集團公司的要求，初步看來他很滿意。他讓李濤把地塊的資料給他一份，他要帶回公司，讓公司研究一下。資料都是早就準備好的，李濤就給了董利一份。董利這才跟著李濤去了海川大酒店住下。

當晚，徐正和李濤一起在海川大酒店宴請了董利，席間，徐正對董利看好這個地塊表示十分的感謝，說：「海川市十分歡迎金石房地產集團公司前來投資，市政府方面一定會全力協助金石集團在海川一切合法的投資活動的。」

董利也表明了自己的態度，說一定會全力支持老同學的工作，他一定力爭讓金石集團同意到此來投資。

第二天，董利就帶著資料匆忙返回了北京。

一周後，董利打電話來，向李濤報告了一個好消息，說他們集團已經決定接下這個地塊，準備在這裏建設一個大型的豪宅社區，但前提是，海川市政府要解決掉這個地塊前期的一切麻煩，包括拆遷、補償，還有跟鴻途集團之間的解約。

李濤聽完這個好消息，十分高興，連聲說：「沒問題，我們市政府一定會做好前期的一切工作，確保沒有絲毫麻煩的將地塊交給金石集團的。」

李濤就將這個消息通知了徐正，徐正也十分興奮，爲能解決鴻途集團這個麻煩而感到十分的高興。

於是徐正主持召開了市政府的常務會議，研究這個鴻途集團CBD項目的解決方案。

參加會議的副市長們都對徐正提出由金石房地產集團接手的方案十分贊同，大家都明白目前這是海川市民的眾矢之的，需要迫切給人們一個交代。同時鑒於這個地塊前期的複雜性，會議通過同意採取協議出讓的方式，將地塊轉讓給金石房地產集團。

這一次，金達對徐正投了贊成票。

會議結束後，又經過了一番討價還價，海川市政府和金石房地產集團基本上就轉讓價格達成了一致的意見，現在只剩下一個問題了，那就是如何將鴻途集團趕走。

李濤受命去解決這個問題，於是他找到了錢兵。

「你們憑什麼這麼做？」錢兵聽完李濤講的情況，眼睛瞪了起來，叫嚷著說。

李濤對此早就有所準備，便說：「錢先生，現在的狀況大家都很瞭解，你顯然沒有開發CBD項目的經濟實力，現在市政府願意前事不究，並且對已經墊資進場的開發商作出補償，你可以就這樣離開，這還不行嗎？」

錢兵冷笑了一聲，說：「李副市長，你是在開玩笑吧？我們鴻途集團前期的投入有多少你知道嗎？你這樣子逼我們讓出項目，會給我們集團造成極大的損失，這個責任你們不承擔，我們是不會退出的。」

李濤見錢兵開始耍無賴了，便說道：「錢先生，這個項目目前的進展狀況你十分清楚，你給我們海川市造成多大的損失你應該知道，別的不說，就說那兩棟新建的大樓吧，我們拆除可是造成了幾千萬的損失的。另外一方面，你說你前期的投入很大，投入什麼了你跟我說清楚，怕是你拿不出什麼投入的證明來吧？所以，錢先生，我勸你還是早點退出的好，否則的話，我們可要向你們追究給我們造成損失的責任的，到那個時候，怕你們鴻途集團要吃不了兜著走。」

錢兵辯稱說：「那兩棟大樓是你們海川市主動拆除的，干我什麼事啊？至於我們前期投入金額具體有多少，對不起，這是商業機密，我不方便向你透露。但是有一點我要告訴你，我們鴻途集團是握有跟你們海川市政府合作開發CBD項目的合同的，我們絕對不會把這個項目讓出去的！要打官司追究責任是嗎？我跟你說，我還想告你們海川市政府呢，我在北京也是有很多關係的，我要去那裏告你們的狀，看到時候誰吃不了兜著走！」

李濤還是第一次遇到敢這麼跟政府叫板的商人，他總體上說是一個厚道人，被錢兵說的愣在那裏，好半天才反應過來，說：

「錢先生，你這麼講可就沒道理了，明明是你現在無法繼續開發下去，政府出面想要幫你收拾殘局，你怎麼反而倒打一耙呢？」

錢兵笑了，說：「李副市長，我想你弄錯了，我從來沒有想要你們海川市政府幫我收拾什麼殘局，我們鴻途集團好得很，又怎麼會有殘局讓你們收拾呢？」

李濤說：「既然好得很，爲什麼你們的工地一直處於停工的狀態？」

錢兵說：「我處於停工狀態，是我們需要暫時休整一下而已，不行啊？」

李濤說：「那你們什麼時間能夠恢復開工？」

錢兵說：「什麼時間恢復開工，我不用跟你們說。」

李濤氣說：「錢先生，你要明白，我們兩家可是合作單位，我們也有權利關心這個ＣＢＤ項目的進度。」

錢兵說：「你們還知道我們是合作單位啊？那你們怎麼能不經我們同意就逼我們離開？好吧，想問什麼時候開工是嗎，我告訴你，目前我們集團還沒有開工計畫，等有了開工計畫，我們集團會通知貴方的。」

李濤說：「錢先生，你這種做法可是有點無賴啊。」

錢兵說：「李副市長，你不用說這麼多了，反正不管怎麼樣，我們不會退出這個ＣＢＤ項目的。」

李濤有些無奈的看看錢兵，說：「錢先生，我們也不用兜圈子了，我看你現在也無法繼續施工了，退出是遲早的事，你就說句實在話，要怎麼樣你才肯退出？」

錢兵笑說：「李副市長，話這麼說就對了，不要忘了，你們是要求我退出的，主動權在我手裏，條件就應該由我來開。」

李濤厭惡地看了看錢兵，說：「別廢話了，你就說什麼條件吧。」

錢兵有恃無恐地說：「行，我也不跟你囉嗦，這個項目我們付出也很多，除了前面你說的那些條件，只要再付給我五千萬，我就可以退出這個項目。」

「什麼，五千萬？你搶劫啊？」李濤驚叫道。

錢兵笑笑說：「你不用一驚一乍的，反正你們海川市政府不給我五千萬，我是不會退出這個項目的。行了，我估計你也做不了主，趕緊回去商量去吧，商量好了，好把你們新的合作對象請進來。」

李濤狠狠地瞪了錢兵一眼，他也確實沒有決定權，氣哼哼的走了。

第十章

羊毛出在羊身上

金達說：「這個徐正市長沒說，不過，這世界上沒有白吃的午餐，我想金石集團也不會一點好處都沒有就願意出這兩千萬。」

張琳心中明白，徐正肯定是答應金石集團什麼了，金石集團才會這麼做，這是羊毛出在羊身上啊。

回到市政府，李濤找到了徐正，說：「徐市長，這傢伙太不像話了，簡直氣死人。」

徐正看了看李濤，說：「老李啊，別急，先說說錢兵開出了什麼條件？」

李濤說：「這傢伙說，除非給他五千萬，否則堅決不退出項目，簡直是獅子大開口。」

徐正也抽了一口涼氣，說：「這傢伙夠狠的。」

李濤忿忿不平地說：「這傢伙騙得我們拆了兩棟新樓，我們還沒跟他算賬呢，現在還想再宰我們一刀，絕對不行。」

徐正沉吟了一會兒，苦笑著說：「老李啊，你先別這麼衝動，事情不是那麼簡單的。」

李濤說：「怎麼個不簡單法？難道搞成這樣，錯的還是我們？」

徐正說：「怕真是錯在我們，我們讓鴻途集團退出CBD項目的理由並不充分。錢兵這傢伙也真是狡猾，他就是抓住了我們急於把他趕走的心理，因此才趁火打劫。」

李濤沉默了，他也清楚，如果不能在短時間內把鴻途集團趕出這個地塊，金石房地產集團是不可能有那麼大的耐心等待的，他們很快就會把目標轉向其他城市。看來還真是被錢兵掐住了七寸，海川市政府不得不任由他擺佈。

徐正和李濤面面相覷，一時都難以拿出一個好的方案來解決這個問題。

過了一會兒，徐正說：「老李，也許我們市政府不得不出點血了。」

李濤不甘心地說：「不行，憑空就被錢兵宰掉五千萬，我們對海川市民沒辦法交代。」

徐正說：「我們恐怕不得不讓步，不過，也不能錢兵說多少就是多少，我們可以跟他討價還價的。」

李濤說：「徐市長，就算降低一點價錢，以我們市政府的財政也沒有錢可以付給他，我們沒辦法跟海川市民交代的。就是這樣，現在海川市民怕正在背後指著我們的脊梁骨罵娘呢。」

徐正苦笑了一下，說：「老李啊，我知道這一次又讓你跟著我受累了，可是如果我們不快刀斬亂麻，事情怕是越拖下去越麻煩，現在還有一個金石房地產集團肯接盤，再拖下去，怕是就把金石房地產集團拖跑了，那時候我們就算想要解決這個問題也沒辦法。」

李濤說：「可是我真是不甘心啊，我們被這個無賴這麼拿捏，簡直是氣死人啦。」

徐正說：「我也咽不下這口氣，但是不這麼辦又能怎麼樣呢？」

李濤也明白沒有其他什麼辦法可想，嘆了口氣說：「那又以什麼名義來出這筆錢呢？」

徐正說：「我想了一下，我們市政府是不能出這筆錢的，可以跟金石房地產集團商量一下，讓他們出一點錢作爲給鴻途集團的補償，等回過頭來，我們市政府再給金石集團減免一些稅費，抵消他們這部分的損失。」

李濤叫道：「那還不是羊毛出在羊身上？」

徐正說：「可是只有這個辦法對各方都能交代過去，老李啊，我們可以選擇的餘地並不多啊。」

李濤想了想說：「徐市長，我覺得這樣子不行，要不，我們讓有關部門調查一下鴻途集團吧，看看這究竟是一家什麼樣的公司。按照他們這種行事風格，我覺得這家公司絕對是有問題的。」

徐正立即否定說：「不行，我們對一家來投資的公司私下進行調查，傳出去會影響我們海川的聲譽的，別人會以爲我們利用政府公權力來對付私人企業，會降低對海川投資環境的評價的。」

李濤說：「我覺得私下調查並不妨礙，這也是很正常的，畢竟這家公司確實行事詭異。」

徐正不同意，說：「我們是跟人家正式簽訂合同的，現在又反過頭來說人家行事詭異，這解釋不過去。老李啊，我看你再去跑一趟吧，看看能不能讓鴻途集團少要一點補償。」

李濤見徐正堅持，也就不好再跟他唱對臺戲，便說：「好吧，我再去問一下。」

「那你趕緊去吧。」徐正說。

李濤就去找錢兵了。

徐正看著李濤離去的背影若有所思，其實他並沒有跟李濤說出他不肯調查錢兵的真實原因，不調查只補償，那就是市政府和企業之間的商業方面的往來，如果保密工作得當，社會公眾可能被隱瞞過去；對市政府來說，不過是一場失誤，追究起責任來相應也輕得多。

如果真去調查，調查出問題來，那就是一起轟動社會的刑事案件，那可是時下媒體最感興趣的焦點，挖內幕的記者怕是要紛至遝來，到時候，輿論的焦點將完全聚焦在自己身上，到時丟官罷職的可能性都有，所以徐正無論如何也是不會同意對錢兵進行調查的。

錢兵看李濤再次登門，懸著的心放了下來，雖然他上一次在李濤面前表現得很強勢，實際上，他並沒有什麼真正可以依仗的底牌；他更害怕李濤這些政府官員惱羞成怒，利用官方手段對他展開調查。

別人不知道，他可是知道自己究竟是什麼來歷的，如果漏了餡，等待他的可是牢獄之災。

錢兵已經收拾好了自己的物品，準備一旦風聲不對，或者海川市政府對他要價五千萬沒有回應，他就撒丫子走人啦。

所以李濤離去的這段時間，錢兵的心中也很煎熬，他不知道海川市政府會做出什麼樣的反應，因此神經緊繃到了極點。

錢兵看著李濤笑了起來，譏諷的說：「李副市長，再次登門，是不是要來告訴我貴方要將我訴諸公堂啊？」

錢兵一副小人得志的樣子，讓李濤心裏恨得牙癢癢的，恨不得馬上就讓有關部門將這個傢伙抓起來，可是徐正堅持不肯調查錢兵，也就讓李濤沒有了那麼做的可能性；他還要與錢兵虛與委蛇，看看能不能想辦法將錢兵的要價降低下來。

李濤尷尬的笑了笑，說：「錢先生真是會開玩笑，我們如果要跟鴻途集團對簿公堂，我又怎麼會再來找你呢？」

錢兵笑說：「我看李副市長氣哼哼的離開，可是大有那種架勢啊。好了，既然貴方沒有跟我對簿公堂的打算，那你這次來可是有什麼指示的嗎？」

李濤說：「你的要求我跟徐市長彙報了，徐市長認爲鴻途集團可能也確實有一定的經濟損失，可以考慮給貴方一定的經濟補償。」

錢兵心裏樂開了花，心說：這下子可以敲海川市政府一大筆竹槓了，現在這個社會，只要肯動腦筋，大把的金錢都可以憑空弄來啊。

錢兵笑笑說：「這就對了嘛，徐市長不愧是市長，知道要遵守經濟法則，你們違約自然是需要給予我們補償的。貴方準備什麼時候支付給我五千萬啊？」

李濤笑了笑，說：「錢先生，你先不要急，徐市長說要給你補償不假，可是他並沒有說同意要給你五千萬。他認爲五千萬這個數字太高了，我們沒辦法接受。」

錢兵看了看李濤，腦子裏飛快的思考著，是要堅持五千萬，還是適當的降低價碼？他害怕把海川市政府給要跑了，那時候可能就把海川市政府逼上了絕路，那樣子，可能徐正會跟他拼個魚死網破的。所謂光棍打九九不打加一，還是留點餘地給海川市政府吧。再說，錢拿到手才是錢，拿不到手也是空的。

錢兵想好了，便說：「那你們徐市長究竟準備補償多少？」

李濤心裏一分錢都不想給，可因爲錢兵已經喊了一個五千萬的數字，李濤就無法再出太低的價碼，他說：「我們海川市政府頂多出一千萬，你看如何？」

一千萬對錢兵來說已經很滿意了，可是他覺得海川市政府的油水還沒被榨乾，便冷笑了一聲，說：「開玩笑，你們也太能砍價了吧？一千萬連我損失的一半都不夠，你們這可是一點誠意都沒有啊。我跟你說，沒三千萬，連談都不用談。」

錢兵重新開出了三千萬的價碼，李濤便明白有講價的餘地，他說：「不行，三千萬我們市政府根本不會接受，錢先生，你說個大家都可以接受的價碼吧。」

錢兵猶豫了一下，他想早日拿到錢逃之夭夭，便說：「兩仟五百萬，不能再低了。」

李濤殺價說：「二千萬，這個價格你接受，我就回去跟徐市長彙報。」

錢兵心裏樂開了花，憑空兩千萬就可以到手，他怎麼會不接受呢？臉上卻是一副很爲難的表情，說：「好吧，兩千萬就兩千萬，希望你們儘快履行承諾。」

李濤就回去跟徐正做了彙報，徐正認爲降到兩千萬可以接受，就讓李濤去跟金石房地產集團報告，讓他們在地塊協議轉讓價格上再加兩千萬，好補償鴻途集團；同時市政府承諾會在將來的稅費方面給予金石集團一定的減免和優惠，以補償這兩千萬。

金石房地產集團確實看好了這個地塊，加上也想借此把他們跟海川市政府的關係聯繫得更緊密，因此爽快的答應了。

徐正再次把這件事情提交到市政府常務會議討論，他心中對此是很不安的，因此需要市政府這班人集體決定，來爲他這一行爲背書。

他講了鴻途集團要補償才肯退出，說金石房地產集團願意承擔這兩千萬的補償，同意在原有協議價格上增加兩千萬。但徐正沒講他承諾給金石房地產集團減免稅費的條件，這樣看起來，似乎是金石房地產集團間接補償了鴻途集團，而海川市政府並沒有因此增加任何損失。

講完之後，徐正看了看在座的人，說：「大家對此是否有不同意見？」

金達再也忍不下去了，原本他覺得不追究鴻途集團的責任已經是一個錯誤了，不過，因爲追究下去並無助於問題的解決，他暫時容忍了這個方案。可是沒想到鴻途集團得寸進尺，竟然還敢向市政府要兩千萬的補償，他再也無法壓抑心中的憤慨，也顧不得郭奎的那些教導，直接發言反對：

「徐市長，我不同意給鴻途集團什麼補償，他們憑什麼要我們市政府給他們補償啊？難道他們給我們造成的損失還不夠嗎？」

見金達果然跳出來反對，徐正對此早就有所準備，他說：「金達同志，不管怎麼說，鴻途集團是跟我們有合作協議的，給他們補償這也是遵循市場準則的做法。我知道從情感上你接受不了這個方案，實話說，我也接受不了。不過，現在我們市政府也只能按照經濟法規辦事。」

金達說：「按照經濟法規辦事，也不是說就非要接受鴻途集團這樣無賴的公司的訛詐。我認爲我們不能同意這樣辦，我建議對鴻途集團展開調查，他們公司的做法表明他們根本沒有履行合作協議的實力，我們應該追究他們給市裏造成的損失，而不是還要給他們兩千萬。」

徐正說：「金達同志，我理解你的心情，可是再糾纏下去並無助於問題的解決，現在金石集團急於接手，他們也願意承擔這兩千萬的補償費用，這不是一個皆大歡喜的結局嗎？你還反對什麼？」

金達說：「可這不是讓鴻途集團的陰謀得逞了嗎？這根本就不公平。如果這個情況被廣大市民知道了，不知道該怎麼罵我們這些幹部了。」

徐正覺得自己對金達已經給予了足夠的尊重，這還是他自己覺得這件事情做得不夠光彩，才覺得應該給金達必要的表達意見的機會，此刻他認爲差不多了，便說：「好了，金達同志已經充分表達了他的不同意見，其他的同志有沒有不同意見？」

其他副市長們都沒有不同意見，同意按照這個方案執行，徐正最後總結說：「現在只有金達同志反對這麼做，那市政府常務會議通過，同意給予鴻途集團兩千萬補償。」

常務會議一結束，金達就氣哼哼的離開了會議室，直接去了市委，找到了張琳，說：「張書記，你不能再縱容徐正市長下去了，這個問題必須得您出面加以阻止。」

張琳看著金達，不解地說：「金達同志，你說的是什麼事啊？」

金達說：「徐正市長剛剛在市政府常務會議上通過，準備賠償鴻途集團兩千萬的解約損失。」

張琳驚訝地問道：「爲什麼啊？鴻途集團一直都停工在那裏，憑什麼要賠償他們這麼多，這個損失是怎麼計算出來的？」

金達不平地說：「這還是人家鴻途集團降低了要求，一開始還要五千萬呢。理由很簡單，要解約就要付違約金。」

張琳說：「那徐正同志同意了？」

金達說：「徐市長找了接盤的金石房地產集團，讓金石出這筆錢。」

張琳又問：「那金石集團這麼做，要什麼代價？」

金達說：「這個徐正市長沒說，不過，這世界上沒有白吃的午餐，我想金石集團也不會一點好處都沒有就願意出這兩千萬。」

張琳心中明白，徐正肯定是答應了金石集團什麼了，金石集團才會這麼做，這是羊毛出在羊身上啊。他很想制止徐正這麼做，可是目前他找不到可以制止的理由。

張琳不滿地說：「徐正同志這樣做可有點不太妥當啊。」

金達說：「對啊，我認爲這個做法是十分欠妥的，張書記，眼下只有您能制止徐正市長了，您最好馬上跟徐正市長談一談，不然的話，馬上就要簽訂補償協議了，到時候您就是想管也管不了了。」

張琳苦笑著看了看金達，說：「金達同志，你現在要我管，也給我一個可以出面管這件事情的理由吧？」

金達愣住了，一時也想不到可以制止徐正的理由。是啊，這件事情他和張書記都感覺不對，可是徐正做的這一切都是合規合法的。

張琳看金達不說話了，便說：「金達同志，如果沒有正當理由，我也是無法去干涉徐正同志的行爲的。」

金達看著張琳，說：「那張書記，我們就這麼看著鴻途集團白白拿走我們兩千萬嗎？」

張琳有些坐不住了，站起身轉來轉去，琢磨著如何能夠制止徐正。

張琳轉了半天，也沒想出好主意，他心中有些惱火，便抓起電話，打給了公安局長向斌。

向斌接通了，說：「張書記有什麼指示？」

「老向啊，我讓你查的事情查得怎麼樣了？」

「正在查呢。」向斌回答。

張琳不高興地說：「什麼正在查呢，你有沒有拿它當回事啊？再磨蹭下去，人家就要溜走了，你還查個屁啊。」

張琳這話說得很重，向斌有些受不住了，說：「張書記，我已經安排精幹人員去調查了，可是調查總要有個時間的嘛，您這樣子來罵我可是很不公平的。」

張琳愣了一下，說：「老向，我什麼時候罵過你？」

向斌跟張琳很熟了，因此並不害怕他，就說：「您剛才說我還查個屁啊，不是罵人是什麼？」

張琳笑說：「不好意思啊，老向，我因爲一時著急，所以才口不擇言了。」

向斌說：「現在情況很緊急嗎？」

張琳說：「當然是很緊急了，徐正同志爲了想讓鴻途集團退出CBD這個項目，已經準備付給錢兵兩千萬了，這筆錢如果讓錢兵拿到了，他還不立即溜之大吉啊？」

向斌聽了說：「那倒是，我拿了兩千萬我也跑了。」

張琳氣說：「你就別在這裏給我說風涼話了，趕緊讓你手下的那些精兵強將給我找出這個錢兵的底細啊。」

向斌立即說：「行，我馬上就召集他們開會，看看他們究竟查到了什麼。」

張琳催促說：「那你快一點，有什麼疑點馬上向我彙報。」

向斌說：「好的。」

張琳掛了電話，一旁的金達笑笑說：「看來張書記您早就懷疑這個鴻途集團了。」

張琳說：「金達同志，這件事情先不要跟徐正同志說，如果錢兵查不出什麼問題，這件事情就當沒發生過，知道嗎？」

金達笑笑說：「我知道了，要講究工作方法，對吧？」

張琳說：「是啊，工作方法不當，不但無助於問題的解決，反而會在同志之間造成不必要的矛盾，這你應該明白的。」

金達點點頭說：「是，郭奎書記跟我談過這個問題了。」

張琳說：「我之所以要調查鴻途集團，也與郭奎書記有關，上一次你跑去他那裏反映情況，他就向我詢問了鴻途集團的情況，要我關注一下事態的發展。」

金達高興地說：「原來郭書記並不是沒聽取我的意見啊。」

張琳笑說：「當然囉，你以爲郭書記只是把你罵一頓就了事了嗎？郭書記沒有直接調查，是怕給你在下面的工作造成不必要的麻煩，他批評你也是愛護你，知道嗎？」

金達低下頭說：「我知道郭書記是爲我好。」

張琳說：「郭書記確實對你很好，你下來之前，他還特別交代我，說你身上書生氣十足，要我適時的關照你一下。我告訴你，要想做一個好領導，單憑一腔熱血是不行的，只有一腔熱血那是莽漢，你是從郭書記身邊下來的，怎麼就沒從郭書記身上多學一點做事的方法呢？」

金達不好意思的笑了笑，說：「我以前並沒有注意到這些事，現在我也在慢慢跟同事們學習了。」

張琳笑了，說：「意識到自己的不足，就是一種進步，不過，你身上這種正義感彌足珍貴，做事方法可以學習，但這份正義感千萬不要丟了，我想這是郭書記和我信任你的一個根本。」

金達說：「我知道，我是一個農家子弟，父母並沒有給我什麼優渥的物質條件，他們唯一給我的就是這種正義感。」

張琳語重心長地說：「希望你保持下去。」

第二天一早，向斌拿著一份文件找到了張琳，說：「張書記，目前我們掌握的情況，只有這一點是比較可疑的。」

「是什麼？」張琳問說。

「我們通過香港警方的協助，查到了鴻途集團的註冊資料，雖然資料都是有效的，不過這個鴻途集團在香港並沒有辦公場所，它登記的註冊地址是一家香港會計師事務所。」

張琳愣了一下，說：「這是什麼意思？」

「意思是，這是一家委託專門辦理註冊的機構在香港註冊的公司，並不實際在香港經營，有點像是離岸公司，專門辦理註冊的機構，一般是會計師事務所，所以它的登記註冊地址是一家會計師事務所。香港警方跟我們講，四千港幣就可以註冊這樣一家公司，香港公司可以自由選擇名稱，註冊資金也不需要驗證，因此這很可能就是一家騙子公司。」

張琳呆了一下，說：「這麼說，這根本就不是所謂的什麼港商了？」

向斌說：「對，我想錢兵的身分肯定不是什麼香港人，他的鴻途集團雖然名稱很大，但是香港不像國內，對註冊公司要求那麼嚴格，因此可能只是錢兵選用了一個集團公司的名義而已。」

向斌說：「現在看來是這樣。您看我們下一步如何行動？」

「能不能把這個錢兵抓起來？」張琳問。

向斌說：「目前看證據稍嫌不足，我們只有這份工商登記資料，其他一切只是猜測。」

張琳說：「不要管那麼多，等兩千萬付給他就什麼都晚了。你就說能不能先控制住他，審查一下他真實的身分？」

向斌說：「勉強可以，不過……」

張琳說：「不要不過了，如果等證據確鑿了，這傢伙也跑了，你先給我找人把他看好了，我跟徐正同志通個氣就行動。」

向斌領命而去。張琳打電話給徐正，讓徐正過來他的辦公室，說有事情要跟徐正商量。

徐正匆忙趕來，進門就問道：「什麼事情啊，張書記？」

張琳把向斌送來的鴻途集團的工商登記資料遞給了徐正，說：「老徐啊，你看看這個。」

徐正疑惑的接了過來，看了一眼，心裏就咯登一下，難道張書記私下調查過鴻途集團了？他這是要幹什麼？

徐正強自鎮靜了一下，說：「張書記，這是從哪裡搞來的？」

張琳此刻也不再掩飾，說：「是我讓公安局的老向調查的，這上面顯示鴻途集團根本就不像錢兵吹噓的那樣有實力，香港警方說，這樣的公司，四千港幣就可以註冊了。」

徐正臉上的笑容僵住了，說：「不會吧？我看這個公司的資料目前還在有效期內，說明這家公司還在運作中，至於他有沒有錢兵說的那種實力，這上面基本看不出來的。」

張琳搖搖頭說：「老徐啊，你不要還對鴻途集團抱有什麼幻想了，就這家公司目前的行徑來看，完全可能是一家騙子公司。」

徐正仍說：「不可能，如果是騙子公司，爲什麼他在西江省的工程進展得很好呢？」

張琳說：「這很好解釋，如果錢兵採用了跟在海川一樣的運作手法，那他的工地可能也是用建商們的墊資在運轉。」

徐正也不是沒想到這一點，他在被錢兵逼著出面施壓建商們進場施工的時候，就往這方面想過了，但那時他心中還抱有一絲幻想，因此馬上就打消了懷疑。此刻張琳再次提出，徐正心中基本上已經可以確信錢兵就是這麼運作的。

但是徐正並不想對錢兵採取什麼行動，那樣子受牽連的是他自己，他想趕緊想辦法將這件事情掩飾過去，因此說：「張書記，這些只是猜測，我們並沒有什麼真憑實據的。」

張琳說：「是，我們目前還只是懷疑，但是這個懷疑已經足夠讓我們採取行動了。」

徐正驚訝地看著張琳，張琳還是第一次在他面前表現的這麼果斷，急急問道：「張書記，你想幹什麼？」

張琳說：「我叫你來，就是想跟你通報一聲，我要對錢兵採取強制措施，先將他拘留起來審查一下，看看他究竟是何方神聖。」

徐正怕的就是這一點，他知道錢兵肯定經不起審查，他叫了起來：「不行，我不同意。」

張琳懷疑的看了看徐正，他沒想到徐正的反應會這麼強烈，難道徐正收過錢兵什麼好處了嗎？

張琳問道：「老徐啊，你爲什麼不同意啊？」

徐正馬上就意識到自己有些失態，腦子飛快的轉了一下，趕忙掩飾說：

「我是覺得我們沒有真憑實據就對一個來投資的客商採取強制措施，會嚴重損害我們海川市政府在商界的信譽，試問哪一個投資商敢來隨時都可以無根據的對他們採取強制措施的地方投資啊？這會嚴重影響他們對海川投資環境的評價的。」

張琳說：「這怎麼是無根據呢？根據目前掌握的情況，我可以肯定這家鴻途集團絕非他跟我們聲稱的那樣，我認爲可以對他們採取必要的措施。」

徐正說：「那萬一弄錯了呢？」

張琳堅決的說：「我認爲不能就那麼白白的付給錢兵兩千萬，這個命令我來下，如果弄錯了，我負全責。」

徐正有些不相信的看了看張琳，心說這傢伙終於露出廬山真面目了，原來以前那個謙順的張琳完全是裝出來的，眼前的張琳才是真正的張琳啊。這傢伙真厲害，竟然在自己面前僞裝了這麼久。徐正有需要重新評估張琳的感覺。

張琳既然這麼堅持，徐正再也找不出什麼反對的理由了，便說：「既然張書記這麼認爲，那就隨便你怎麼做了，我還有事，先回去了。」

說完，徐正站起來就離開了張琳的辦公室。

張琳見徐正這麼不高興，似乎在維護錢兵什麼，心中對他的懷疑越發加深了，他猜測如果抓了錢兵，說不定會把徐正牽連出來。

但是事態已經發展成這樣，是箭在弦上，不得不發了，他抓起了電話，打給向斌，說：「老向啊，我命令你對鴻途集團的錢兵採取行動。」

「是。」向斌回道。

「行動當中要儘量克制，不要太過粗暴，再是如果在審查當中涉及到某些市領導的話，儘量控制知情人的範圍，不要擴散，知道嗎？」

張琳不知道徐正在這件事情中究竟扮演了什麼角色，如果是受賄，那牽涉到刑事犯罪，法律一定會嚴格追究徐正的刑事責任；但如果僅僅是受騙上當，那還是儘量不要擴散，因爲那樣會嚴重影響徐正的威信的。

向斌說：「我明白的。」

警察出現在錢兵面前的時候，錢兵還在做著拿到兩千萬的美夢呢，聽警察宣布懷疑他涉嫌詐騙，要對他採取拘留措施，他的心一下子沉到了谷底，知道這下子完蛋了。

錢兵在心裏大罵徐正狡猾，一面跟自己商量賠償，另一方面卻在暗中調查他，真是兩面三刀的傢伙。

這錢兵可罵錯了人，他不知道徐正到此刻還是維護他的。

不過，錢兵終究是走南闖北見過大世面的人，罵過徐正之後，他很快冷靜了下來，質問警察說：「警察先生，你們有什麼證據來懷疑我詐騙？」

警察笑了笑說：「你放心，會把證據給你看的。」

錢兵說：「我根本就沒有詐騙，你們這是在迫害我，你們等著，我會向有關部門投訴你們這種胡作非爲的。」

警察說：「如果你沒什麼問題，我們會承擔一切責任的，現在就請跟我們走一趟吧。」

錢兵就被帶回了海川市公安局，錢兵宣稱自己是香港人，海川市公安局根本無權對他審問，然後就坐在那裏一言不發，拒絕回答辦案警察的一切問題。

審訊陷入了僵局，向斌明白，如果案件就這麼僵持下去，對公安局是很不利的，他並不能審查錢兵太長時間，而且，他手頭除了那份鴻途集團的工商登記註冊的資料，別無其他證據，如果一直打不開僵局，那他只有釋放錢兵一途。形勢不容向斌拖延，必須馬上找到突破口。

向斌想到錢兵口口聲聲就說他是香港人，他認爲錢兵這個香港人的身分極爲可疑，既然錢兵不肯開口，那就先從調查他的身分開始入手，便讓辦案刑警收繳了錢兵的香港護照，查證一下錢兵身分的真實性。

傳回來的消息讓向斌鬆了一口氣，錢兵的香港護照是僞造的，這一下向斌有了底氣，起碼目前看來並沒有抓錯人。向斌決定親自會會錢兵，他帶著一名刑警將錢兵提了出來。

錢兵進了審訊室，還是一副被冤枉的樣子，說：「我要抗議，你們這是對我的迫害，我要向香港商會投訴你們這種行爲。」

向斌笑了起來，說：「錢兵啊，香港商會認識你這一號人物嗎？」

錢兵昂著頭，說：「怎麼不認識，我們鴻途集團是香港有實力的商業集團之一，在香港商會也是鼎鼎有名的。」

向斌笑了笑，說：「那怎麼我們查了一下，你這本香港護照根本就是僞造的，說吧，花了多少錢辦的假證？」

錢兵對此可能心裏早有準備，並沒有表現出什麼意外，只是仍然叫嚷道：「你胡說，我就是香港公民，你這是在迫害我。」

向斌看錢兵到了這般田地還在狡賴，火大了，狠狠的一拍桌子，說：「錢兵！別給我演戲了，你當我們是傻瓜啊？說！你究竟是什麼人？姓什麼叫什麼？」

錢兵知道抵賴不過去了，看了看向斌，扭過頭去，不搭理向斌了。

向斌看錢兵又拿出沉默對抗這一套，便冷笑了一聲，說：

「錢兵，你不要以爲不說話我們就拿你沒辦法，你現在的犯罪事實已經很清楚了，我們還沒有掌握的只是你的真實姓名而已，憑我們公安部門的偵查能力，這個謎底很快就會被揭開的。所以我勸你，還是別抱有僥倖心理了，早一點交代，還能有個好認罪態度。」

錢兵仍然堅持不肯說話，向斌看問不出什麼來，只好暫時將錢兵送回了拘留所的監室。

雖然可以確認錢兵所持有的香港護照是假的，錢兵的詐騙事實基本也可以確認，可是無法辨明他的真實身分，也得不到他的口供，對向斌來說，總是心裏有個疙瘩。

錢兵被送回去之後，向斌坐在審訊室裏想著解決問題的辦法。

看向斌一副沉思的樣子，跟他來的刑警說：「向局長，我倒有一個辦法可以查明這傢伙的身分。」

向斌看了看這個刑警，說：「什麼辦法，快說。」

刑警說：「我看這傢伙犯罪手法熟練，也很懂得應對刑事偵查，不是一個犯罪老手，是很難有這種心理素質的。」

向斌眼睛亮了，說：「對啊，我怎麼忽略了這一點了，這傢伙很可能有前科。拿他的指紋去跟犯罪指紋庫比對一下，肯定會有所發現的。」

於是就把錢兵的指紋跟犯罪指紋庫的指紋比對，很快就找到了吻合的指紋，調出來一看，指紋上的照片正是錢兵的模樣，只不過名字不叫錢兵，而是叫王平，是一個只有小學水準的詐騙犯，無業遊民，曾經因爲詐騙入獄服刑五年。

再次審訊的時候，當向斌對錢兵喊出了王平這個名字的時候，錢兵一下子癱軟在椅子上，他再也撐不住了，說：「我向政府交代，我向政府交代。」

錢兵就交代了自己的犯罪事實。

局。

原來這傢伙刑滿出獄之後，不但惡性不改，反而變本加厲，策劃了一個更大的騙局。

他坐監的時候，正好跟一個犯了貪污罪的註冊會計師關在了一起，閒聊中讓他知道了如何去註冊香港公司的辦法，而且知道註冊香港公司的幾點好處，名稱自由選擇、資金無需檢驗之類的，這正適合錢兵詐騙的需要，於是他出獄之後，便委託北京一家專門辦理香港公司註冊的公司，給自己註冊了「鴻途集團」這個無辦公地點、無其他工作人員、無資產的三無皮包公司，又找辦假證的辦了一個叫錢兵的假香港護照，然後就拿著這兩份東西聲稱自己是香港的大老闆，想要在內地投資幾十億，四處招搖撞騙。

西江省的鴻途商城是錢兵主動找到當地政府，說自己要投資建設的，沒想到當地政府正急於招商，馬上就和錢兵一拍即合，由當地政府出土地，錢兵假稱投資幾十億建設鴻途商城。合同簽訂之後，錢兵就採用招標的方式，選擇了幾家建商，讓他們墊資進場施工。

沒想到西江省的騙局成功引來了海川市駐京辦對鴻途集團的關注，錢兵對這送上門來的好事自然是求之不得，他跟羅雨聊了幾次之後，就投其所好，炮製出一個所謂的CBD項目，這也正好迎合了海川市政府的想法……

向斌聽完，感覺有點不可思議，這傢伙竟然這麼輕易就取得了兩地政府的信任？甚至還忽悠海川市政府拆除了兩棟新樓。

向斌問道：「你是怎麼取得當地政府的信任的？」

錢兵笑了笑說：「我也沒想到這些官員們這麼好騙，我就是投其所好而已，這些當官的就是想出政績，而且希望政績越大越好，我就跟他們吹噓，我能給他們帶來幾十億的投資，他們無一例外，對我無比信任，越大的領導越是相信我，以爲我真的能給他們投資呢。」

向斌有些哭笑不得的感覺，這個騙局如此簡單，卻給海川造成了這麼大的損失。

向斌把錢兵的審訊筆錄送到了張琳面前，說：「張書記，您看看吧，我都不知道該說什麼好了。」

張琳看完十分震驚，說：「就這麼簡單的騙局騙得我們海川市政府團團轉？這裏面沒有其他因素嗎，比如行賄受賄？」

向斌苦笑了一下，說：「開始我也不相信就是這麼簡單，不過經過仔細的詢問，錢兵倒是想向某些領導行賄來著，可都被拒絕了，這一點上，他們倒是守住了自己的立場。」

沒有行賄受賄，那就只是工作上的失誤，張琳稍微感到一絲欣慰，畢竟他也不想看到自己的同事被追究刑事責任，便說：「我們的一些領導同志爲了追求政績，竟然盲目到這種程度，這真是一次教訓啊。」

向斌走後，張琳把徐正找了來，把錢兵的筆錄遞給了他。

徐正看了看，臉一下變得通紅，他有一種無地自容的感覺，好半天才說：「怎麼會是這樣？」

張琳說：「徐正同志，我們要檢視一下這種唯政績論的工作態度了。慘痛教訓啊！」

徐正心裏暗罵張琳陰險，他覺得這一次自己是被張琳算計了，不過現在把柄握在張琳手中，他也只得低頭接受張琳的教訓，還不得不表示誠心接受。

他強笑了一下，說：「這一次幸虧張書記能夠及時把關，不然的話，我們又會遭受到兩千萬的損失。這件事情是我的失誤，我會爲此作檢討的。」

張琳說：「老徐啊，你也不用包袱太重，認識到錯誤、汲取教訓就好。」

徐正連連點頭，說：「是啊，這個教訓很慘重，是應該總結一下，避免今後犯類似的錯誤。」

徐正滿心煩躁的回到自己的辦公室，下面他還有一連串的檢討要做，省裏面會因爲這件事情對他如何處分他還不知道，他現在可以確信的是，自己這一次是慘敗在張琳手裏了。

這個張琳真不是個東西，表面上說話溫文爾雅，什麼事情都跟你商量來著，可背地裏捅起刀子來，卻一點都不手軟。

這件事情，本來張琳不插手很快就會掩飾過去的，徐正相信錢兵如果拿到了兩千萬，肯定立馬溜之大吉，再也找不到他的行蹤了。可是現在突然出手抓了錢兵，把錢兵的騙局公之於眾，這等於說他徐正有多麼的愚蠢，這麼簡單的一個騙局就能把他哄得團團轉。

此刻的徐正感覺自己就像是童話故事「國王的新衣」中的那個國王，而且是被小孩子拆穿了騙局之後、在大庭廣眾之下什麼都沒穿的國王。

但是徐正此刻還不能做逃兵，他必須硬撐著出現在眾人面前，即使他要面對那些人心中笑話他已經笑翻了天。

這是奇恥大辱。徐正心中煩到了不行，他感覺自己已經緊繃到了一個極限，急切想找一個發洩的出口。這時候，他想到了去北京有些日子的吳雯，如果這個女人在身邊，倒是可以讓自己身心都得到舒緩放鬆。

偏偏這個女人自從離開海川就音訊全無，前些日子徐正忙於解決錢兵的事，沒有心思顧及到她，現在錢兵的事情弄得一塌糊塗，讓徐正不由得更是思念起這個美人來了。

徐正抓起電話就打給了劉康，說：「劉董啊，我記得你說吳雯去北京散散心就會回來，現在已經這麼長時間了，應該回來了吧？」

劉康笑笑說：「怎麼，徐市長想她了？」

徐正說：「別嬉皮笑臉的，我現在煩得要命，吳雯到底在哪裡啊？電話也打不通，也沒個消息，她是不是脫離你的控制了？」

劉康說：「吳雯現在就在北京呢，跟我不時還有聯繫。」

徐正說：「那好，我現在很需要她，我想要她馬上回來。」

劉康沉吟了一下，說：「徐市長，這個嘛，有點不太好辦，似乎吳雯現在還不太想回來。」

徐正本就心煩到極點，聽劉康這麼說，越發是火上澆油，再也克制不住自己了，叫道：「劉康，你可別忘了你當初答應過我什麼，難不成你也在耍我？我告訴你，我徐正別人整不了，整你可是綽綽有餘。」

劉康沒想到徐正會發這麼大火，愣了一下，然後說：「徐市長，你怎麼了？我不是說吳雯不能回來，只是我感覺她還沒休息好，現在叫她回來，她不會情願的。」

徐正堅持說：「我不管那麼多，反正我現在想要她，你答應過我一定能把她弄回來，你就要兌現自己的承諾，否則你別怪我對你不客氣。」

現在工程還在徐正手中掌握著，徐正可以制約劉康的地方很多，因此徐正雖然這麼不客氣，劉康也不得不忍耐，只好陪笑著說：「行行，我馬上打電話叫吳雯回來。」

徐正沒再說什麼，匡的一聲就將電話掛了。

劉康在電話那頭惱怒萬分，這些年已經很少有人敢這麼對他了，心裏不由得問候了徐正的祖宗八代，不過他現在受制於人，也不得不暫時壓抑住怒火，撥通了吳雯在北京的電話。

請續看《官商鬥法》十 圖窮匕現

足以媲美「醫龍」的頂尖醫師
他以病患為本，挑戰權威與醫界派系
只為了從死神手中救回最寶貴的生命

醫拯天下

駭人聽聞的大膽技術
迅速有效的急救手法
憑著一把柳葉刀及中西醫兼修的紮實醫術
他是擁有神之手的醫界天才

無影燈下的趙燁永遠是那麼專注，他的雙手猶如機械般精密，似乎永遠都不會犯錯誤。
趙燁師承醫學泰斗李傑，同時得到三代御醫傳人江海的悉心指點，終於練就一身中西醫兼修的過硬醫術。
他憑著一把柳葉「妖刀」，冒名頂替著名教授主持視訊臨床觀摩課，不畏權貴偷樑換柱為患者移植肝臟，敢於用工程電鑽為垂危的傷者施行開顱手術……

第一輯6冊，第二輯8冊，共14冊

轟動上市

趙奪 著

官商鬥法 九 騙子公司

作者：姜遠方
發行人：陳曉林
出版所：風雲時代出版股份有限公司
地址：105台北市民生東路五段178號7樓之3
風雲書網：http://www.eastbooks.com.tw
官方部落格：http://eastbooks.pixnet.net/blog
Facebook：http://www.facebook.com/h7560949
信箱：h7560949@ms15.hinet.net
郵撥帳號：12043291
服務專線：(02)27560949
傳真專線：(02)27653799
執行主編：朱墨菲
美術編輯：風雲時代編輯小組

法律顧問：永然法律事務所 李永然律師
北辰著作權事務所 蕭雄淋律師

版權授權：蔡雷平
初版日期：2015年9月
初版二刷：2015年9月20日
ISBN ：978-986-352-153-2

總 經 銷：成信文化事業股份有限公司
地　　址：新北市新店區中正路四維巷二弄2號4樓
電　　話：(02)2219-2080

行政院新聞局局版台業字第3595號 營利事業統一編號22759935

定價 ：280元　　特惠價 ：199 元

國家圖書館出版品預行編目資料

官商鬥法 ／ 姜遠方 著. -- 初版. -- 臺北市：
風雲時代，2015.01 -- 冊；公分

ISBN 978-986-352-153-2（第9冊；平裝）

857.7　　103027825